ज्ञान गरिमा के

72 वर्ष

भारतीय ज्ञानपीठ

भक्ति अँजुरी

भक्ति अँजुरी

मुनिश्री क्षमासागर

(आचार्य वादिराज कृत एकीभाव स्तोत्र पर आधारित)

भारतीय ज्ञानपीठ

मूर्तिदेवी ग्रन्थमाला : ग्रन्थांक 61

ISBN 978-93-263-5488-2

भक्ति अँजुरी

(स्तोत्र)

मुनिश्री क्षमासागर

प्रकाशक : **भारतीय ज्ञानपीठ**

18, इन्स्टीट्यूशनल एरिया, लोदी रोड, नयी दिल्ली-110 003

मुद्रक : विकास कम्प्यूटर एंड प्रिंटर्स, दिल्ली

आवरण : डॉ. जया जैन

BHAKTI ANJURI
(Stotra)
Munishree Kshamasagar

Published by
Bharatiya Jnanpith
18, Institutional Area, Lodi Road, New Delhi-110 003
Ph. : 011-24698417, 24626467; 23241619 (Daryaganj)
Mob. : 9350536020; e-mail : bjnanpith@gmail.com
sales@jnanpith.net; website : www.jnanpith.net

Second Edition : 2018
Price : Rs. 106

यह भक्ति अँजुरी गुरुवर आचार्यश्री
विद्यासागर जी को समर्पित

पुरोवाक्

गुणों के प्रति अनुराग होना भक्ति है। भगवान की भक्ति करने का वास्तविक अर्थ भगवान के गुणों को चाहना है। भगवान की भक्ति करते समय यदि हम भगवान के स्वरूप का दर्शन करते हैं, दर्शन से मिलनेवाला उपदेश सुनते हैं और भगवान के गुणों को अपने भीतर प्रकट करने का प्रयत्न करते हैं तो यह सच्ची भक्ति है।

भक्ति के क्षणों में जब हम भगवान की अनन्त-शक्ति, अनन्त-ज्ञान, अनन्त-दर्शन और अनन्त-सुख की महिमा का चिन्तन करते हैं, तब अनायास ही हमारा ध्यान अपनी दयनीय स्थिति की ओर जाता है और इस बात का अहसास होने लगता है कि वर्तमान में भले ही हमारी अवस्था मलिन व विकारी हो रही है पर हमारा स्वरूप तो भगवान के समान ही अत्यन्त निर्मल और निर्विकार है, यह अनुभूति हमें आनन्दित करती है। मन हर्ष-विभोर हो जाता है, आँखों से हर्षाश्रु बहने लगते हैं, वाणी गद्‌गद हो जाती है और चित्त की मलिनता अपने आप हटने लगती है—यही भक्ति का सुफल है।

एकीभाव-स्तोत्र में वादिराज मुनिराज का भगवान की भक्ति करने का ढंग अनुपम है। वहाँ आत्मीय-समर्पण और आत्मविश्वास दोनों अत्यन्त प्रबल हैं। सजल-श्रद्धा और प्रखर-प्रज्ञा का ऐसा अद्‌भुत संगम अन्यत्र दुर्लभ है।

भक्ति-भाव से भरकर स्तुति करते हुए वादिराज मुनिराज कभी भगवान को ज्योति-स्वरूप अनुभव करते हैं, कभी अपनी समूची चेतना में भगवान को व्याप्त होते हुए देखते हैं और कभी भगवान के केवलज्ञान रूपी सरोवर में स्वयं को निमग्न करके अत्यन्त शान्ति और शीतलता का अनुभव करते हैं। भगवान के स्वरूप में इतना एकाकार

होना कि वह स्वरूप हृदय में समा जाए और कभी हृदय से हटे नहीं—यही भक्ति की सफलता है।

वादिराज मुनिराज ने प्राणीमात्र के लिए ऐसी अनुपम भक्ति की प्रेरणा देकर आत्म-हित के साथ-साथ लोक-कल्याण का मार्ग प्रशस्त किया है।

वादिराज मुनिराज के भावों को इस हिन्दी-भावानुवाद में पूर्णतः ला पाना मुझ अल्पज्ञ के लिए सम्भव नहीं था, सो मैंने तो मात्र भगवान के श्रीचरणों में अपनी श्रद्धा और अनुराग इस भावानुवाद के बहाने प्रकट किया है। कहीं कोई भूल रह गयी हो तो आप सँभाल लें।

—मुनि क्षमासागर

आमुख

भक्ति एक मौलिक कला है, परन्तु जगत की अन्य लौकिक कलाओं से इसका विधायन बिल्कुल अलग है। अन्य के अनुरूप संवाहित होने वाले लौकिक कलाकार से भिन्न, भक्ति का कलार्थी स्वाधीन-सा होता है। उसके भाव किसी तीसरे की सम्मति की अपेक्षा से रहित होने के कारण उन्मुक्त बहते हैं। ये कला इसीलिये है कि इसके करने वाले सभी मौलिक होते हैं। जितने भक्त उतने ही भक्ति के प्रकार। इसीलिये ये एक अनुपम विधा है।

आचार्य वादिराज का एकीभाव अपने आराध्य से की गयी सामान्य-सी बातों की अतल गहराइयों एवं रहस्यों के कारण बहुत ही सरस है। कम कहकर बहुत कहना अथवा कुछ न माँगकर बहुत कुछ माँग लेना एक दुर्लभ योग्यता है, जिसके धनी श्रीमद् आचार्य वादिराज अपनी इस कालजयी रचना से अमरत्व को प्राप्त हुए हैं।

उनकी भक्ति में एक विश्वास है, एक असीम दृढ़ निश्चिन्तता है जो असामान्य है और विस्मयकारी भी। उसको पढ़ते समय ऐसा लगता है कि मानो आचार्य श्री समर्पण के अन्तिम छोर तक ही पहुँच चुके हों। सामान्य जीव की भक्ति में एक प्रच्छन्न-सा, व्यक्त-अव्यक्त लेन-देन का भाव रहता है। कुछ कामना होती है, कुछ अभिप्राय रहता है। लेकिन एकीभाव का भक्ति तत्त्व खरा है। उसमें किंचित भी मिलावट नजर नहीं आती। और विश्वास ऐसा अनुपम कि जिससे उत्पन्न हुई निश्चिन्तता अत्यन्त सौख्यकारी है।

आचार्य वादिराज की भक्ति की गंगा जब मुनिश्री क्षमासागर जी की भक्ति में समाहित होकर बहती है तो तृप्ति के असीम सागर का अहसास होता है। ऐसा शायद इसीलिए भी हो सका क्योंकि स्वयं मुनिश्री अपने गुरु के प्रति गहरे समर्पित होकर उनकी भक्ति के रस में डूबे रहते थे।

सरलमना मुनिश्री क्षमासागर जी द्वारा किया गया आचार्य वादिराज की भक्ति का वर्णन अत्यन्त सुगम लेकिन गहरा है। जिन जनों ने मुनिश्री को सुना है, वो इस

प्रवचन संग्रह को पढ़ते हुए उनके लहज़े को अनुसरित कर पायेंगें, उस समय ऐसा प्रतिभासता है मानो आँखें पढ़ रहीं हों लेकिन शब्द कानों को सुनाई दे रहे हों। मुनिश्री की सरल शैली में किये गये व्याख्यान पढ़ते समय लगता ही नहीं कि किसी गूढ़ परमार्थ सिक्त संस्कृतनिष्ठ स्तोत्र का अध्ययन कर रहे हों। मुनिश्री के प्रवचन करने की शैली अनौपचारिक रही है, इसीलिए अनेक स्थानों पर पाठकों को मिश्र भाषा का उपयोग मिलेगा।

एकीभाव स्तोत्र जैन भक्ति कोश की एक प्रतिनिधि रचना है। इसका भाषालालित्य, शब्द चयन, भाव एवं काव्य सौन्दर्य अनूठा है। गूढ़ एवं रहस्यपूर्ण अर्थों से सम्पन्न होने के कारण से जन सामान्य में यह उतनी लोकप्रिय नहीं हो पायी जितनी आचार्य मानतुंग की अमर निधि भक्तामर स्तोत्र। लेकिन क्लिष्टतम विषयों को सहजतम करने के अद्‌भुत कौशल के धारी मुनि क्षमासागर जी का जब एकीभाव स्तोत्र पर व्याख्यान पढ़ते हैं तो लगता है कि यह कितना सरल है। मुनिश्री का गूढ़ार्थों के सहजीकरण का कौशल आश्चर्यकारी है। बहुत ही सरल से उदाहरणों के माध्यम से अत्यन्त गहरी बात को वे हृदय में उतार देते हैं। मुनिश्री का स्वयं का जीवन भक्ति एवं समर्पण का उदाहरण रहा है। उनके मुखारबिन्द से एकीभाव सुनना, वक्ता के तद्‌गुणधारी होने से, एक भावनात्मक अनुभव है।

श्रेष्ठ कवि मुनि क्षमासागर जी द्वारा एकीभाव स्तोत्र का पद्यानुवाद किया गया था या यूँ कहें कि सभी श्लोकों पर आधारित कविताएँ लिखी गयी थीं, जो एकीभाव स्तोत्र के नाम से प्रकाशित हो चुकी हैं। उनके साथ ही अशोकनगर चार्तुमास के दौरान दिये गये प्रवचनों का संकलन इस पुस्तक में शामिल किया गया है। दुर्भाग्य से महाराज श्री के एकीभाव पर दिये गये अभी तक सभी प्रवचन उपलब्ध नहीं हो पाये हैं, इसीलिये श्लोक संख्या 23 से 26 इस पुस्तिका में उद्धृत नहीं किये जा सके हैं। यदि कोई महानुभाव उपलब्ध करा सकें तो आगामी संस्करणों में उन्हें भी बहुजनहिताय संयोजित किया जा सकेगा।

पुस्तिका के सम्पादन में मुझे श्री राजकुमार जैन (बिलासपुर), प्रीति जैन (नोएडा), अनुभव जैन (करेली) एवं सपना जैन (अहमदाबाद) का बहुमूल्य सहयोग प्राप्त हुआ।

आप सभी सुधी जन इसके स्वाध्याय से अपनी भाव विशुद्धि को और अधिक निर्मल बना सकेंगे ऐसा हमारा विश्वास है। ऐसी मंगल कामनाओं के साथ यह प्रवचन संकलन आपको समर्पित है।

20 अगस्त, 2016

—कुणाल जैन
अजमेर

प्राक्कथन

''अभी मुझे और धीमे कदम रखना है,
अभी तो चलने की आवाज आती है।''

अपनी साधना–यात्रा में ऐसा सूक्ष्म आत्मालोचन करने वाले सन्त–कवि क्षमासागरजी अपनी अनुभूतियों की अभिव्यक्ति में, अपनी सूक्ष्म टिप्पणियों में ऐसा कह जाते हैं कि पाठक भाव विभोर होते न होते विचारोद्वेलित हो उठता है। अत्यन्त कोमलता के साथ वे मनुष्य की सांसारिकता को दर्पण के सामने सरका देते हैं। पाठक बिम्ब–प्रतिबिम्ब में स्वयं को पाकर छवि पर रीझता हुआ विचलित हो उठता है।

सिंघई परिवार में जन्मे वीरेन्द्र कुमार ने सागर विश्वविद्यालय से भूगर्भ विज्ञान में एम.टेक. की उपाधि प्राप्त कर, तपोनिष्ठ आचार्यश्री विद्यासागरजी महाराज के आध्यात्मिक आलोक में, अपनी युवावस्था में गृह त्याग कर, दीक्षा अंगीकार कर ली थी। वीरेन्द्र कुमार ने नया नाम पाया था—क्षमासागर। जीवन में न कहीं निराशा थी, न हताशा। न कहीं कोई असफलता, न कोई विरक्ति प्रेरक कटु प्रसंग। स्वेच्छा और स्वप्रेरणा से आत्मकल्याण की ओर, आप अपने गुरु के आध्यात्मिक प्रभाव में प्रवृत्त हुए थे।

वीतराग मुनि के जीवन और चर्या ने उन्हें ऐसे प्रभावृत्त से मंडित कर दिया कि उनका प्रथम श्रेणी का कवि–व्यक्तित्व, दूसरी पंक्ति में कहीं बैठा मिलता है। कविता और लेखन का संसार उनकी प्राथमिकता नहीं है, पर उनकी प्रतिभा में कविता ऐसी समायी है कि वह अप्राथमिक बन जाने पर भी, उनकी अभिव्यक्ति को समृद्ध करती हुई, पाठक को कभी भाव–विभोर, कभी उद्वेलित और प्राय: आत्मालोचन की ओर प्रवृत्त करती हुई, उससे ऐसा सम्बन्ध बना लेती है कि वह उससे बंध जाता है। अन्त:करण को विस्तार देते हुए, उनकी कविता और उनका लेखन, पाठक के मन का परिष्कार करते हैं।

मुनिश्री का ज्ञान और सरलता सदैव भक्तों को अपनी जिज्ञासा एवं शंकाओं

के समाधान हेतु आकर्षित करता था। प्रश्नोत्तर के संवादपूर्ण प्रहर में मुनिश्री से प्रश्न करने वालों में, जहाँ जिज्ञासु किशोर होते थे, वहीं प्रकांड पंडित भी। जीवन, जगत, आत्मा, परमात्मा और इनसे सम्बन्धित सैकड़ों रहस्यों को लेकर उठती जिज्ञासाओं के उत्तर मुनिश्री के मुख से सुनना अपने आप में एक अलौकिक अनुभव था। जो किताबों से नहीं मिल पाता, जो शास्त्रों में उलझा रह जाता है, जो परम्पराओं से अस्पष्ट चला आया है, जो रूढ़ियों से अतार्किक है, जो पूछने में बालोचित लगता है, जो पूछा जाने योग्य प्रतीत नहीं होता, वह सब भी मुनिश्री के सान्निध्य में, प्रासंगिक चर्चा का विषय बन जाता था।

अद्वितीय कवि, चिन्तक एवं विज्ञानविद् मुनिश्री की मनीषा ने धर्म की वैज्ञानिकता एवं विज्ञान की धार्मिकता को एक दूसरे के निकट लाने का प्रयत्न किया है। अतः विज्ञान एवं धर्म, उनकी व्याख्याओं में एक-दूसरे के प्रतिरोधी न बनकर, परस्पर पूरक बने मिलते हैं। धर्म एवं विज्ञान के प्रति मुनिश्री की यह दृष्टि जैन एवं अजैन, समस्त बन्धुओं को समान रूप से अपनी तार्किकता के कारण, आधुनिक और अनुकूल प्रतीत होती है। मुनिश्री की मन को छूने वाली भाषा और शैली पाठक को मर्म तक सहज ही पहुँचा देती है।

—डॉ. सरोज कुमार, इन्दौर

अनुक्रमणिका

भाग — 1

एकीभाव स्तोत्र का पद्य भावार्थ

एकीभावं गत इव मया यः स्वयं कर्मबन्धो,
घोरं दुःखं भवभवगतो दुर्निवारः करोति।
तस्याऽप्यस्य त्वयि जिनरवे! भक्तिरुन्मुक्तये चेत्,
जेतुं शक्यो भवति न तया कोऽपरस्तापहेतुः ॥1॥

अन्वयार्थ : *(जिनरवे) हे जिनसूर्य! (मया) मेरे साथ (स्वयं) अपने आप अर्थात् अपनी उपादान शक्ति से (एकीभावं) एकमेकपने को (गत इव) प्राप्त हुए के समान (दुर्निवारः) बड़ी कठिनाई से दूर करने योग्य (यः) जो (कर्मबन्धः) कर्मों का बन्धन (भवभवगतः) जन्म-जन्म में लगा हुआ है और (घोरंदुखम्) बहुत दुःख (करोति) करता है। (त्वयि भक्ति) आपकी भक्ति (चेत्) यदि (तस्यापि अस्य) उस कर्मबन्धन के इस दुःख को (उन्मुक्तये) दूर करने के लिए है तो फिर (तया) उस भक्ति के द्वारा (अपरः कः) दूसरा कौन सा (तापहेतुः) सन्ताप का कारण (जेतुंशक्यः न भवति) जीता नहीं जा सकता?*

जयघोष

मेरे साथ स्वयं ही
एकमेक-सा हुआ
कर्म का बन्धन
भव-भव में
भारी दु:ख देता
जिसे हटाना बहुत कठिन है

हे जिन सूर्य!
आपकी भक्ति
उससे भी जब
मुक्त मुझे कर देगी
तब कौन
और सन्ताप
जगत में ऐसा
जिसे नहीं
जीता जा सकता?

ज्योतीरूपं दुरित निवह-ध्वान्त-विध्वंस-हेतुं,
त्वामेवाहुर्जिनवर! चिरं तत्त्व-विद्याभियुक्ताः।
चेतोवासे भवसि च मम स्फार-मुद्भासमान-
स्तस्मिन्नंहः कथमिव तमो वस्तुतो वस्तुमीष्टे ॥ 2 ॥

अन्वयार्थ : *(जिनवर) हे जिनेन्द्र भगवान! (तत्त्वविद्याभियुक्ताः) तत्त्वज्ञानी गणधरादि (चिरं) सदा से (त्वां एव) आपको ही (दुरित निवह ध्वान्त-विध्वंस हेतुं) पापसमूह रूपी अन्धकार को नष्ट करने में कारणभूत (ज्योतीरूपं) केवलज्ञान-रूपी-ज्योति स्वरूप (आहुः) कहते हैं। (च) और जब आप (मम) मेरे (चेतोवासे) मन-रूपी-मन्दिर में (स्फार) अत्यन्त स्पष्ट रूप से (उद्भासमानः) प्रकाशित (भवसि) हो रहे हो तब (तस्मिन्) उस मन-मन्दिर में (वस्तुतः) निश्चित ही (अंहः तमः) पाप-रूपी-अन्धकार (वस्तुं) निवास करने में (कथमिव इष्टे) किस तरह समर्थ हो सकता है?*

ज्योतिर्मय

पाप-तिमिर
हरने वाले
प्रभु तुम
ज्योतिर्मय हो

सदा-काल से
महामनीषी
मुनिजन
ऐसा ही
कहते हैं

अब मेरे
मन-मन्दिर में
हो आलोकित
करते प्रचुर प्रकाश
पाप-तिमिर
तब कहाँ रहेगा
वहाँ नहीं अवकाश

आनन्दाश्रु-स्नपित-वदनं गद्‌गदं चाभिजल्पन्,
यश्चायेत त्वयि दृढ़मनाः स्तोत्रमन्त्रैर्भवन्तम्।
तस्याभ्यस्तादपि च सुचिरं देह-वल्मीक-मध्यान्,
निष्कास्यन्ते विविध-विषम-व्याधयः काद्रवेयाः ॥ 3 ॥

अन्वयार्थ : *हे जिनेन्द्र! (आनन्दाश्रुस्नपित वदनं च गद्‌गदं) हर्ष-रूपी-आँसुओं से मुख प्रक्षालित करता हुआ और गद्‌गद स्वर से (अभिजल्पन्) स्तुति करता हुआ (यः) जो मनुष्य (त्वयि) आप में (दृढ़मनाः) स्थिर मन से (स्तोत्रमन्त्रैः) स्तुति-रूपी-मन्त्रों के द्वारा (भवन्तम्) आपको (अयेत्) पूजता है (तस्य) उसके (सुचिरम्) दीर्घ काल से (अभ्यस्तात अपि) परिचित (विविध विषम व्याधयः) अनेक प्रकार के कठिन रोग-रूपी (काद्रवेयाः) सर्प (अपि) भी (देह वल्मीक मध्यात्) शरीर रूपी वामी के मध्य से (निष्कास्यन्ते) बाहर निकाल दिये जाते हैं।*

गद्‌गद स्वर

हर्षाश्रु से
अपने मुख को
प्रक्षालित कर
तन्मय होकर
गद्‌गद स्वर से

स्तुति-रूप
मन्त्रों के द्वारा
प्रभु आपको
जो भी ध्याता
तन-रूपी-वामी से उसके
महारोग रूपी
विषधर भी
पल भर में
बाहर हो जाता

प्रागेवेह त्रिदिव-भवनादेष्यता-भव्य-पुण्यात्,
पृथ्वी-चक्रं कनकमयतां देव! निन्ये त्वयेदम्।
ध्यान-द्वारं मम रुचिकरं स्वांत-गेहं प्रविष्टः,
तत्किं चित्रं जिन! वपुरिदं यत्सुवर्णीकरोषि॥ 4॥

अन्वयार्थ : *(देव) हे भगवन्! (भव्यपुण्यात्) भव्य जीवों के पुण्य से (इह) यहाँ पर (त्रिदिवभवनात्) स्वर्ग लोक से (एष्यता) आने वाले (त्वया) आपके द्वारा (प्राग् एव) पहले ही (आपके आगमन के पहले ही) (इदम्) यह (पृथ्वीचक्रं) भूमण्डल (कनकमयतां) सुवर्णमयता को (निन्ये) प्राप्त कराया गया था तब (जिन) हे जिनेन्द्र! (ध्यानद्वारं) ध्यान रूपी द्वार से (मम रुचिकरम्) मेरे सुन्दर (स्वांतगेहं) मन मन्दिर में (प्रविष्टं) प्रविष्ट हुए आप (इदं वपुः) इस मेरे शरीर को (यत्) जो (सुवर्णी करोषि) सुवर्णमय या अत्यन्त सुन्दर कर रहे हो (तत् किं चित्रम्) उसमें क्या आश्चर्य है?*

ध्यान-द्वार

भव्य-जनों के
पुण्योदय से
स्वर्ग-लोक से
प्रभु आपके
आने से पहले
धरा स्वर्ण-सी
चमक उठी थी

ध्यान-द्वार से
आकर स्वामी
आप विराजे
मेरे मन-मन्दिर में
मेरी देह
स्वर्ण-सी सुन्दर
हो जाए तो
क्या आश्चर्य
तनिक भी इसमें!

लोकस्यैकस्त्वमसि भगवन्! निर्निमित्तेन बन्धु-
स्त्वय्येवासौ सकल-विषया शक्तिरप्रत्यनीका।
भक्तिस्फीतां चिरमधिवसन्मामिकां चित्त-शय्यां,
मय्युत्पन्नं कथमिव ततः क्लेश-यूथं सहेथाः ॥5॥

अन्वयार्थ : *(भगवन्) हे भगवन्! (त्वम्) आप (लोकस्य) संसारी जीवों के (निर्निमित्तेन) निस्वार्थ भाव से (एक:) अद्वितीय (बन्धु: असि) हित चाहने वाले हो और (असौ) यह (सकल विषया शक्ति:) सब पदार्थों को जानने वाली शक्ति (त्वयि एव) आप में ही (अप्रत्यनीका) बाधा रहित है। (तत:) इसीलिए (भक्ति स्फीताम्) भक्ति के द्वारा विस्तृत (मामिकां) मेरी (चित्तशय्याम्) मन-रूपी शय्या पर (चिरं) बहुत काल से (अधिवसन्) रहते हुए आप (मयि-उत्पन्नम्) मुझ में उत्पन्न हुए (क्लेशयूथम्) दु:ख समूह को (कथमिव सहेथा:) कैसे सहन करोगे?*

ज्ञान ज्योति

जन–जन के
तुम परम हितैषी
एकमात्र बन्धु हो
स्वामी उपकारी
        और जगत का
        कण–कण
        झलक रहा है
        ज्ञान ज्योति में
        सदा तुम्हारी

भक्ति भाव से रचित
हृदय की
मृदु–शय्या पर मेरी
अब तुम
सदा रहोगे
मेरी दारुण व्यथा देखकर
कैसे धैर्य धरोगे?

जन्माटव्यां कथमपि मया देव! दीर्घं भ्रमित्वा,
प्राप्तैवेयं तव नय-कथा स्फार-पीयूष-वापी।
तस्या मध्ये हिमकर-हिम-व्यूह-शीते नितान्तं,
निर्मग्नं मां न जहति कथं दुःख दावोपतापाः ॥ 6 ॥

अन्वयार्थ : *(देव) हे स्वामिन्! (मया) मेरे द्वारा (जन्माटव्यां) संसार रूपी जंगल में (दीर्घं भ्रमित्वा) बहुत काल तक भटकने के बाद (तव) आपकी (इयम्) यह (नयकथा) सापेक्ष कथन करने वाली वाणी-रूपी (स्फार पीयूषवापी) बहुत बड़ी अमृत से भरी बावड़ी (कथमपि) किसी तरह सुयोग से (प्राप्ता एव) प्राप्त कर ली गयी है। सो (हिमकर हिम व्यूह शीते) चन्द्रमा की चाँदनी और बर्फ के समूह से भी शीतल (तस्याः मध्ये) उसके मध्य में (नितान्तं निर्मग्नं) पूर्णतः डूबे हुए (माम्) मुझको (दुःख-दावोपतापाः) दुःख रूपी दावानल का ताप (कथं न जहति) क्यों नहीं छोड़ देगा?*

वचनामृत

भव-वन में
चिरकाल
भ्रमणकर
बड़े सुयोग से
पाई मैंने
प्रभु आपके
वचनामृत से
भरी वापिका

शीतलता देती जो
चन्द्र-चाँदनी
हिमकण से भी ज्यादा

होकर निमग्न
पूर्णतः उसमें
क्यों नहीं मिटेगा
दुःख-रूपी दावा का
चिरसन्ताप हमारा

पाद-न्यासादपि च पुनतो यात्रया ते त्रिलोकीं,
हेमाभासो भवति सुरभिः श्रीनिवासश्च पद्मः।
सर्वांगेण स्पृशति भगवंस्त्वय्यशेषं मनो मे,
श्रेयः किं तत्स्वयमहरहर्यन्न मामभ्युपैति ॥7 ॥

अन्वयार्थ : *हे भगवन्! (यात्रया) विहार के द्वारा (त्रिलोकीम्) तीन लोक को (पुनतः) पवित्र करने वाले (ते) आपके (पाद-न्यासादपि) चरणों के रखने मात्र से जब (पद्मः) कमल (हेमाभासः) सुवर्ण की आभा वाले, (सुरभिः) सुगन्धित (च) और (श्रीनिवासः भवति) शोभा युक्त हो जाते हैं तब (भगवन्) हे स्वामिन्! (त्वयि) आपको (मे अशेषं मनः) मेरा सम्पूर्ण मन (सर्वाङ्गेण) सर्वांग रूप से (स्पृशति सति) स्पर्श करने पर (तत् किं श्रेयः) वह कौन सा कल्याण है (यत् माम्) जो मुझे (अहरहः) प्रतिदिन (स्वयं) अपने आप (न अभ्युपैति) प्राप्त नहीं होता है?*

अब तो

अपने सहज
गमन से
तीन लोक को
पावन करने वाले
प्रभु आपके चरण-मात्र
रखते ही जब
कमल सुवर्णमय
शोभित
सुरभित हो जाते

सर्वांग रूप से
मेरे मन प्राणों में
अब तो
आप समाये
तब रहा
कौन-सा श्रेय
मुझे जो प्रतिपल
आपोआप नहीं मिल पाए?

पश्यन्तं त्वद्वचनममृतं भक्ति-पात्र्यापिबन्तं
कर्मारण्यात् पुरुष-मसमानन्द-धाम-प्रविष्टम्।
त्वां दुर्वार-स्मर-मद-हरं त्वत्प्रसादैक-भूमिं
क्रूराकाराः कथमिव रुजा कण्टका निर्लुठन्ति ॥8॥

अन्वयार्थ : *हे भगवन्! (कर्मारण्यात्) कर्म रूपी वन से (असमानन्दधाम प्रविष्टम्) अनुपम सुख के स्थान अर्थात् मोक्ष में प्रविष्ट हुए तथा (दुर्वार स्मर मद हरं) कठिनाई से जीतने योग्य काम-वासना के मद को नष्ट कर दिया है ऐसे (त्वाम्) आपको (पश्यन्तम्) देखने वाले (भक्ति पात्र्या) भक्ति-रूपी पात्र से (त्वद् वचनममृतम्) आपके वचन-रूपी-अमृत को (पिबन्तं) पीने वाले (त्वत्प्रसादैक भूमिम् पुरुषं) और आपका सहारा ही जिसका एकमात्र आधार है उस पुरुष को (क्रूराकाराः) भयंकर आकृति वाले (रुजाकण्टकाः) रोगरूपी-काँटे (कथमिव) किस तरह (निर्लुठन्ति) पीड़ा दे सकते हैं?*

भक्ति-अँजुरी

भव-वन
पार किया
अनुपम सुख के धाम
मोक्ष में प्रभुवर
आप विराजे
काम-क्रोध के
सारे योद्धा
तुमसे हारे

दृष्टि-पथ में
रहते जिसके
आप निरन्तर
भक्ति-रूपी-
अँजुरी से पिए
आपकी वाणी का
जो अमृत
और आप ही
जिसके एक सहारे

उसे कहाँ फिर
महाभयानक
रोग-रूप काँटे भी
पीड़ा पहुँचा पाते ?

पाषाणात्मा तदितरसमः केवलं रत्न-मूर्ति-
र्मानस्तम्भो भवति च परस्तादृशो रत्न-वर्गः।
दृष्टि-प्राप्तो हरति स कथं मान-रोगं नराणां,
प्रत्यासत्तिर्यदि न भवतस्तस्य तच्छक्तिहेतुः ॥9॥

अन्वयार्थ : *हे भगवन्! (पाषाणात्मा) पत्थरों से निर्मित (मानस्तम्भः) मानस्तम्भ (तदितरसमः) अन्य पत्थरों के समान ही है (केवलम्) सिर्फ (रत्नमूर्तिः) रत्नमयी है परन्तु (परः रत्नवर्गः) अन्य रत्नों का समूह भी (तादृशः भवति) वैसा ही है। (यदि तस्य) यदि उस मानस्तम्भ की (तच्छक्तिहेतुः) मान-रोग को नष्ट करने वाली शक्ति में कारणभूत (भवतः) आपकी (प्रत्यासत्तिः न) निकटता न होती तो (सः) वह मानस्तम्भ (दृष्टिप्राप्तः) दृष्टिगोचर होते ही (नराणाम्) मनुष्यों के (मानरोगं) मान-रूपी-रोग को (कथं हरति) कैसे दूर कर सकता है?*

निकटता

अन्य बहुत से
पाषाणों-सा
मानस्तम्भ बना
पत्थर का
और अन्य
रत्नों-सा
वह भी रत्नमयी है

पर इसके दर्शन से
यह जो
मानी-जन का
मान-रोग
गल जाता
एकमात्र
कारण है इसमें
प्रभु आपकी
सहज निकटता

हृद्यः प्राप्तो मरुदपि भवन्मूर्ति-शैलोपवाही,
सद्यः पुंसां निरवधि-रुजा-धूलिबन्धं धुनोति।
ध्यानाहूतो हृदय-कमलं यस्य तु त्वं प्रविष्ट-
स्तस्याशक्यः क इह भुवने देव! लोकोपकारः ॥10॥

अन्वयार्थ : *(देव) हे स्वामिन्! (भवन् मूर्ति शैलोपवाही प्राप्तः) आपके शरीर-रूपी-पर्वत को स्पर्श करके बहने वाली (हृद्यः) मनोहर या अनुकूल (मरुद् अपि) हवा भी (प्राप्तःपुंसां) पुरुषों के (निरवधिरुजा धूलिबन्धम्) अपरिमित रोग-रूपी-धूली के बन्धन को (सद्यः) शीघ्र ही (धुनोति) दूर कर देती है। (तु) तब (ध्यानाहूतः) ध्यान के द्वारा बुलाए गये (त्वम्) आप (यस्य) जिसके (हृदय कमलं) हृदय-रूपी-कमल में (प्रविष्टः) प्रविष्ट हो जाते हैं (तस्य) उस व्यक्ति को (इहभुवने) इस लोक में (कः) कौन सा (लोकोपकारः) लोक-कल्याण का कार्य (अशक्यः) अशक्य है?*

सहज

पर्वत–सम उन्नत
प्रभु आपके
तन को छूकर
बहने वाली
हवा सहज ही
सकल रोग–रूपी
धूलि को
हरने में
समर्थ हो जाती

तो फिर
ध्यान–द्वार से आकर
जिसके हृदय–कमल पर
स्वयं आप विराजे
उससे तो
उपकार लोक का
होगा सहज निरन्तर

जानासि त्वं मम भव-भवे यच्च यादृक्च दुःखं,
जातं यस्य स्मरणमपि मे शस्त्रवन्निष्पिनष्टि।
त्वं सर्वेशः सकृप इति च त्वामुपेतोऽस्मि भक्त्या,
यत्कर्त्तव्यं तदिह विषये देव एव प्रमपाणम् ॥11॥

अन्वयार्थ : *(देव) हे भगवन्! (मम) मुझे (भवभवे) प्रत्येक जन्म में (यत् च यादृक् च) जो और जिस तरह का (दुःखम्) कष्ट (जातम्) प्राप्त हुआ है (तत् त्वं जानासि) उसे आप जानते हैं (यस्य स्मरणमपि), उस दुःख का स्मरण भी (मे) मेरे लिए या मेरे हृदय को (शस्त्रवत्) तलवार के समान (निष्पिनष्टि) खण्ड-खण्ड कर देता है या पीड़ित करता है। हे नाथ (त्वं) आप (सर्वेशः सकृप च) सबके स्वामी हो और अत्यन्त दयालु हो (इति भक्त्या) इसीलिए भक्ति पूर्वक (त्वाम् उपेतः अस्मि) आपके समीप आया हूँ या आपकी शरण में आया हूँ (इह विषये) इस विषय में (यत्कर्त्तव्यं तद् एव प्रमाणम्) आपको जो करने योग्य हो वह ही प्रमाण है अर्थात् आप जैसा करोगे वही प्रामाणिक है।*

शरण

जनम-जनम में
जैसी-जितनी
मैंने पायी पीड़ा
प्रभु जानते हो सब

याद करूँ
उसकी तो
छाती में
बरछी-सी
चुभ जाती

आप दयालु
सबके स्वामी
करना हो जो करो
हमें तो
शरण तुम्हारी

प्रापद्दैवं तव नुति-पदैर्जीवकेनोपदिष्टैः,
पापाचारी मरण-समये सारमेयोऽपि सौख्यम्।
कः सन्देहो यदुपलभते वासव-श्री प्रभुत्वं,
जल्पञ्जाप्यैर्मणिभिरमलैस्त्वन्नमस्कार-चक्रं ॥12॥

अन्वयार्थ : *हे भगवन्! (मरण समये) मृत्यु के समय में (जीवकेन) जीवन्धर कुमार के द्वारा (उपदिष्टैः) कहे गये (तव) आपके (नुतिपदैः) नमस्कार-मन्त्र के द्वारा (पापाचारी) पापमय आचरण करने वाला (सारमेयः अपि) कुत्ता भी (दैवं सौख्यं) स्वर्ग के सुखों को (प्रापत्) प्राप्त हुआ था तब (अमलैः) निर्मल (जाप्यैः मणिभिः) मणियों के द्वारा जपने योग्य (त्वन्नमस्कार चक्रं) आपके नमस्कार मन्त्र के समूह को (जल्पन्) जपता हुआ व्यक्ति (यत्) जो (वासव श्री प्रभुत्वम्) इन्द्र की विभूति के स्वामीपने को (उपलभते) प्राप्त होता है तो इसमें (कः सन्देहः) क्या सन्देह है?*

सुमिरन

पापाचारी
एक श्वान ने
मरण-समय में
जीवंधर के द्वारा
नाम आपका सुनकर
मात्र नाम सुमिरन से
स्वर्ग-सम्पदा पा ली

निर्मल
मणियों की
माला पर
जो जपता हो
नाम आपका
इन्द्रों सा वैभव
वह पाए
तो इसमें
आश्चर्य कौन सा ?

शुद्धे ज्ञाने शुचिनि चरिते सत्यपि त्वय्यनीचा,
भक्तिर्नो चेदनवधि-सुखावञ्चिका कुञ्चिकेयम्।
शक्योद्घाटं भवति हि कथं मुक्ति-कामस्य पुंसो,
मुक्ति-द्वारं परिदृढ़-महामोह-मुद्रा-कवाटम्॥13॥

अन्वयार्थ : *हे स्वामिन्! (शुद्धे ज्ञाने) शुद्ध ज्ञान के और (शुचिनि चरिते) निर्मल आचरण के (सत्यपि) होने पर भी (चेत्) यदि (त्वयि) आपके प्रति (अनवधिसुखा वञ्चिका) असीम सुख को देने वाली (कुञ्चिका) कुँजी-रूपी (इयम्) यह (अनीचा) उत्कृष्ट या प्रबल (भक्तिः) भक्ति (नो) नहीं हो तो (हि) निश्चय से (मुक्तिकामस्यपुंसः) मोक्ष का अभिलाषी व्यक्ति (परिदृढ़-महामोहमुद्राकवाटम्) अत्यन्त सुदृढ़ महामोहरूपी ताले से बन्द हैं कपाट जिसके ऐसे (मुक्ति द्वारम्) मोक्ष के द्वार को (कथम्) किस तरह (शक्योद्घाटम् भवति) खोलने में समर्थ हो सकता है?*

मोक्ष-द्वार

ज्ञानवान हो
चरितवान हो
तो भी
असीम-सुख की
कुंजी-रूपी
बिना प्रबल-भक्ति के

वह मोक्षार्थी
सुदृढ़ मोह-रूप
ताले से मुद्रित
बन्द कपाट वाले
मोक्ष-द्वार को
कैसे खोल सकेगा?

प्रच्छन्नः खल्वय-मघ-मयै-रन्धकारैः समन्तात्,
पन्था मुक्तेः स्थपुटित-पदः क्लेश-गर्तैरगाधैः।
तत्कस्तेन व्रजति सुखतो देव! तत्त्वावभासी,
यद्यग्रेऽग्रे न भवति भवद्भारती-रत्न-दीपः ॥14॥

अन्वयार्थ : *(देव) हे स्वामिन्! (खलु) निश्चित ही (अयम्) यह (मुक्तेः पंथाः) मोक्ष का मार्ग (अघमयैः) पापरूपी (अन्धकारैः) अन्धकार के द्वारा (समन्तात् प्रच्छन्नः) सब ओर से ढका हुआ है और (अगाधैः) गहरे (क्लेशगर्तैः) दुःख-रूपी-गड्ढों से (स्थपुटितपदः) ऊँचे नीचे स्थान वाला अर्थात् विषम हो गया है (यदि) अगर (तत्त्वावभासी) जीवादि तत्त्वों को प्रकाशित करने वाला (भवद् भारती रत्नदीपः) आपकी वाणी-रूपी-रत्न दीपक (अग्रे-अग्रे) आगे-आगे (न भवति) न होता (तत्) तो (तेन) उस मोक्षमार्ग से (कः) कौन व्यक्ति (सुखतः व्रजति) सुखपूर्वक जा पाता?*

वाणी-दीप

मुक्ति का
निर्बाध मार्ग जब
पाप-तिमिर से
ढक जाए
और दुक्खमय
गहन-गर्त से
बहुत विषम हो जाए
हे जिनवर!
तब कौन
मार्ग पर
सहज स्वयं चल पाये
यदि आपकी
वाणी-रूपी-दीपक
आगे-आगे
अपनी तमहर
ज्योत नहीं फैलाए

आत्म-ज्योति-र्निधि-रनवधि-र्दृष्टु-रानन्द-हेतुः,
कर्म-क्षोणी-पटल-पिहितो योऽनवाप्यः परेषाम्।
हस्ते कुर्वन्त्यनतिचिरतस्तं भवद्भक्तिभाजः,
स्तोत्रे-र्बंध-प्रकृति-परुषोद्दाम-धात्री-खनित्रैः ॥15॥

अन्वयार्थ : *हे नाथ! (यः) जो (आत्म ज्योतिर्निधिः) आत्म-ज्ञान-रूपी-सम्पदा (अनवधिः) असीम है (कर्मक्षोणी पटल पिहितः) वह कर्म-रूपी पृथ्वी-पटल से ढकी हुई है (दृष्टुः आनन्द हेतुः) और श्रद्धावान पुरुष को आनन्द में कारणभूत है और (परेषाम्) अश्रद्धालु को (अनवाप्यः) प्राप्त नहीं हो पाती (तम्) उस दुर्लभ आत्मसम्पदा को (भवद् भक्तिभाजः) आपकी भक्ति करने वाले भव्य जीव (बन्धप्रकृति परुषोद्दाम धात्री खनित्रैः) प्रकृति प्रदेश आदि कर्म-बन्ध-रूप अत्यन्त कठोर भूमि को खोदने के लिए कुदाली स्वरूप (स्तोत्रैः) स्तुति के द्वारा (अनतिचिरतः) अति शीघ्र ही (हस्ते कुर्वन्ति) अपने हाथ में कर लेते हैं।*

स्तुति-कुदाल

कर्म-पटल से
ढकी हुई है
आत्म-सम्पदा-सारी
अज्ञानी से ओझल रहती
श्रद्धालु को
देती आनन्द भारी

कर्म-बन्ध को
तोड़ सके जो
ऐसी कुदाल-सम
तव स्तुति से

हे जिनवर!
तेरे भक्तों को
वह शीघ्र
प्राप्त हो जाती

प्रत्युत्पन्ना नय-हिमगिरेरायता चामृताब्धेः,
या देव! त्वत्पद-कमलयोः संगता भक्ति-गङ्गा।
चेतस्तस्यां मम रुचि-वशादाप्लुतं क्षालितांहः,
कल्माषं यद्भवति किमियं देव! सन्देह-भूमिः ॥16॥

अन्वयार्थ : *(देव) हे स्वामिन्! (नयहिमगिरे) नय या स्याद्वाद रूपी हिमालय से (प्रत्युत्पन्ना) उत्पन्न हुई (च) और (अमृताब्धेः) मोक्ष-रूपी-समुद्र तक (आयता) विस्तृत (या) जो (भक्तिगंगा) भक्ति-रूपी-गंगा (त्वत्पदकमलयोः) आपके चरण-कमलों में (संगता) प्राप्त हुई है (तस्यां) उसमें (रुचिवशात्) श्रद्धावश (आप्लुतम्) डूबा हुआ (मम चेतः) मेरा मन (यत्) जो (क्षालितांहः कल्माषम्) धुल गये हैं पाप रूपी मैल जिसके ऐसा (भवति) हो रहा है (देव) हे नाथ! (इयं) यह (किम्) क्या (सन्देहभूमिम्) सन्देह का स्थान है? अर्थात् इसमें सन्देह की क्या बात है?*

भक्ति-गंगा

स्याद्वाद-नय
हिमगिरि से
उद्‌भूत हुई जो
मोक्ष-महासागर तक
फैली भक्ति-रूपी गंगा
मुझे आपके
श्री चरणों में प्राप्त हुई हो

श्रद्धावश
उसमें निमग्न
होते ही
पाप-मैल
धुलने से
मेरा मन
उज्ज्वल हो जाए
तो इसमें सन्देह
किसे हो?

प्रादुर्भूत-स्थिर-पद-सुख! त्वामनुध्यायतो मे,
त्वय्येवाहं स इति मतिरुत्पद्यते निर्विकल्पा।
मिथ्यैवेयं तदपि तनुते तृप्तिमभ्रेषरूपाम्,
दोषात्मानोऽप्यभिमत-फलास्त्वत्प्रसादाद् भवन्ति ॥17॥

अन्वयार्थ : *(प्रादुर्भूत स्थिर पद सुख) जिन्हें स्थायी मोक्षसुख प्राप्त हुआ है ऐसे हे जिनेन्द्रदेव! (त्वाम् अनुध्यायतः मे) आपका निरन्तर ध्यान करते हुए मेरी (त्वयि) आपमें (अहं स एव) ''मैं वही हूँ जो आप हैं'' (इति) ऐसी (निर्विकल्पा) सन्देह-रहित (मतिः) बुद्धि (उत्पद्यते) उत्पन्न होती है यद्यपि (इयं मिथ्या एव) यह बुद्धि झूठ ही है (तदपि) तो भी (अभ्रेषरूपां तृप्तिं) अविनश्वर तृप्ति को (तनुते) विस्तृत करती है सो ठीक ही है (त्वत्प्रसादात्) आपके प्रसाद अर्थात् सहारे से (दोषात्मानः अपि) पतित आत्माएँ भी (अभिमतफलाः भवन्ति) इच्छित फल को प्राप्त हो जाती हैं।*

आप-समान

शाश्वत सुख में लीन
आपका
चिन्तन करते-करते
निःसन्देह यही लगता है
मैं भी तो हूँ
आप समान

झूठी है यह बात
तथापि मन को
तृप्त बहुत करती
सचमुच
प्रभु आपका / आश्रय लेकर
पतित आत्माएँ भी
मनचाहा-फल
पा लेती

मिथ्यावादं मल-मपनुदन् सप्तभङ्गी-तरङ्गै-
र्वागम्भोधिर्भुवनमखिलं देव पर्येति यस्ते।
तस्यावृत्तिं सपदि विबुधाश्चेतसैवाचलेन,
व्यातन्वन्तः सुचिर-ममृता-सेवया तृप्नुवन्ति ॥18॥

अन्वयार्थ : *(देव) हे स्वामिन्! (ते) आपके (यः) जो (वागम्भोधिः) वचन-रूपी-समुद्र (सप्तभंगीतरंगैः) सप्तभंग या स्याद्वाद रूपी लहरों के द्वारा (मिथ्यावादं मलम्) मिथ्या-मान्यताओं-रूपी-मल को (अपनुदन्) दूर करता हुआ (अखिल भुवनं पर्येति) समस्त जगत में व्याप्त है। (विबुधाः) देवगण या बुद्धिमान जन (चेतसा एव अचलेन) मनरूपी-मेरूपर्वत के द्वारा (तस्य) उस वचन-रूपी-समुद्र का (आवृत्तिम्) मन्थन या अभ्यास (व्यातन्वन्तः) करते हुए (सपदि) शीघ्र ही (अमृतसेवया) अमृत या मोक्ष की प्राप्ति से (सुचिरं तृप्नुवन्ति) सदा के लिए सन्तुष्ट हो जाते हैं।*

परमामृत

अखिल विश्व में
व्याप्त हो रहा
प्रभु आपका
वाणीरूपी सागर
स्याद्वाद-नयरूप-तरंगें
मिथ्यामल को
करती दूर निरन्तर

मन-मेरु-सा
निश्चल करके
मन्थन जो
इसका करता
भव्य-जीव वह
यथाशीघ्र ही
परमामृत-सम
शाश्वत-सुख
पा लेता

आहार्येभ्यः स्पृहयति परं यः स्वभावादहृद्यः,
शस्त्र-ग्राही भवति सततं वैरिणा यश्च शक्यः।
सर्वाङ्गेषु त्वमसि सुभगस्त्वं न शक्यः परेषां,
तत्किं भूषा-वसन-कुसुमैः किं च शस्त्रैरुदस्त्रैः ॥19॥

अन्वयार्थ : *हे भगवन्! (यः) जो (स्वभावात्) स्वभाव से (अहृद्यः) असुंदर होता है (स एव) वह ही (परम्) बहुत अधिक (आहार्येभ्यः स्पृहयति) वस्त्र आभूषण आदि की इच्छा करता है (च) और (यः) जो (वैरिणां) शत्रुओं के द्वारा (शक्यः) जीतने योग्य होता है वही (सततम्) सदा (शस्त्रग्राही) शस्त्र को धारण करने वाला (भवति) होता है। (त्वं) आप तो (सर्वाङ्गेषु सुभगः असि) सर्वांग रूप से सुन्दर हो और (न तवं परेषाम् शक्यः) आप शत्रुओं के द्वारा जीतने योग्य भी नहीं हो (तत्) इस कारण आपको (भूषावसन कुसुमैः) वस्त्राभूषण और फूलों से (किम्) क्या प्रयोजन है (च) और (उदस्त्रैः शस्त्रैः किम्) तीक्ष्ण अस्त्रों शस्त्रों से भी आपको क्या प्रयोजन है?*

समर्थ

जो स्वभाव से
सुन्दर न हो
वह वस्त्राभूषण पहने
अपना रूप सजाए
रखे साथ में
अस्त्र-शस्त्र वह
जो शत्रु से
जीत न पाये

प्रभु आप
सर्वांग रूप से सुन्दर
और दिगम्बर
कोई शत्रु
नहीं आपका
इसीलिए तो
अब क्या काम आपको
वस्त्र-आभूषण
और तीक्ष्ण शस्त्रों का?

इन्द्रः सेवां तव सुकुरुतां किं तया श्लाघ्नं ते,
तस्यैवेयं भव-लय-करीं श्लाघ्यतामातनोति।।
त्वं निस्तारी जनन-जलधेः सिद्धि-कान्ता-पतिस्त्वं,
त्वं लोकानां प्रभुरिति तव श्लाघ्यते स्तोत्रमित्थं॥ 20॥

अन्वयार्थ : *हे भगवन्! (इन्द्रः) इन्द्र (तव) आपकी (सेवाम्) सेवा को (सुकुरुताम्) अच्छी तरह से करे (तया) उससे (ते) आपकी (किम्) क्या (श्लाघ्नम्) प्रशंसा है? (भवलयकरीम्) संसार का नाश करने वाली (इयं) यह सेवा तो (तस्य एव) उस इन्द्र की ही (श्लाघ्यताम्) प्रशंसा को (आतनोति) बढ़ाती है। (त्वं) आप (जनन जलधेः) संसार-सागर से (निस्तारी) तारने वाले हैं, (त्वं) आप (सिद्धिकांतापतिः) मोक्ष रूपी वधू के स्वामी हैं और (त्वं) आप (लोकनाम् प्रभु) तीन लोक के प्रभु हैं (इत्थम्) इस प्रकार (इति) यह (तव) आपकी (स्तोत्रम्) स्तुति (श्लाघ्यते) प्रशंसनीय है।*

प्रशंसा

नतमस्तक हो
इन्द्र खड़े सेवा में
नहीं प्रशंसा
प्रभु आपकी इसमें
यह भव-पार
लगाने वाली सेवा
गौरव बढ़ा रही
स्वयं इन्द्र का

भव-सागर में
हो जहाज-सम
मुक्ति-वधू के स्वामी
तीन-लोक के
आप प्रभु हो
यही प्रशंसा
नाथ आपकी
जग में नामी

वृत्ति-र्वाचा-मपर-सदृशी न त्वमन्येन तुल्यः,
स्तुत्युद्गाराः कथमिव ततस्त्वय्यमी नः क्रमन्ते।
मैवं भूवन्स्तदपि भगवन्! भक्तिपीयूषपुष्टाः-
ते भव्यानामभिमत-फलाः पारिजाता भवन्ति॥21॥

अन्वयार्थ : *(भगवन्) हे स्वामिन्! (वाचाम् वृत्तिः) आपकी वचन प्रवत्ति (अपर सदृशी न) दूसरे के समान नहीं है और (न त्वं अन्येन तुल्यः) न आप अन्य किसी के समान हैं (ततः) इसीलिए (नः) हमारे (अमी) ये (स्तुत्युद्गाराः) स्तुति-रूपी-उद्गार (त्वयि) आपके विषय में या आप तक (कथमिव) किस तरह (क्रमन्ते) संगत हो सकते हैं या पहुँच सकते हैं? (एवं मा भूवन्) हमारे स्तुति उद्गार आपके विषय में भले ही संगत न हों या आप तक न पहुँचे (तदपि) तो भी (भक्ति पीयूष पुष्टाः) भक्ति-रूपी-अमृत से भरे हुए (ते) वे स्तुति-रूपी उद्गार (भव्यानां) भव्य जीवों को (अभिमतफलाः) इच्छित फल देने वाले (परिजाताः) कल्पवृक्ष (भवन्ति) होते हैं।*

कल्पवृक्ष सम

अतुलनीय हो
आप स्वयं औ'
वचन आपके
अनुपम
शब्दों में
गुणगान आपका
कैसे कर सकते हम

तो भी प्रभुवर
यह उद्‍गार हमारे
भक्तिमय—
अमृत में भीगे
भव्य-जनों को
कल्पवृक्ष-सम
मनचाहा फल देंगे

कोपावेशो न तव न तव क्वापि देव! प्रसादो,
व्याप्तं चेतस्तव हि परमोपेक्षयैवानपेक्षम्।
आज्ञावश्यं तदपि भुवनं सन्निधि-वैर-हारी,
क्वैवंभूतं भुवन-तिलक! प्राभवं त्वत्परेषु॥22॥

अन्वयार्थ : *(देव) हे भगवन्! (तव) आपका (क्वापि) किसी पर (न कोपावेशः) क्रोधमय भाव नहीं है और (न क्वापि तव प्रसादः) किसी पर आपकी प्रसन्नता भी नहीं होती है (हि) निश्चित ही (तव) आपका (चेतः) चित्त (अनपेक्षम्) स्वार्थरहित (परमोपेक्षया एव) अत्यन्त उदासीनता से ही (व्याप्तम्) भरा हुआ है (तदपि) ऐसा होते हुए भी (भुवनम्) सारा जगत (आज्ञावश्यम्) आपकी आज्ञा के अधीन है और आपकी (सन्निधिः) निकटता (वैरहारी) शत्रुता को दूर करने वाली है (भुवनतिलक) हे लोक के तिलक! (एवंभूतम्) ऐसा (प्राभवम्) प्रभाव (त्वत्परेषु) आपके सिवाय दूसरे देवों में (क्व) कहाँ हो सकता है?*

अद्‌भुत

कभी किसी पर
क्रोध न करते
राग-भाव भी
नहीं किसी से
वीतराग-समभाव
सभी पर रखते
तो भी यह
संसार आपकी
आज्ञा में रहता

और निकटता
पाकर प्रभुवर!
बैर-विरोध
भूलकर प्राणी
सहज शान्ति पाता
सिवा आपके
कहाँ और
अन्यत्र किसी में
ऐसी अद्‌भुत प्रभुता

देव! स्तोतुं त्रिदिव गणिका-मण्डली-गीत-कीर्तिं,
तोतूर्ति त्वां सकल-विषय-ज्ञान-मूर्तिं जनो यः।
तस्य क्षेमं न पदमटतो जातु जोहूर्ति पन्था-
स्तत्त्वग्रन्थ-स्मरण-विषये नैष मोमूर्ति मर्त्यः ॥23॥

अन्वयार्थ : *(देव) हे भगवन्! (त्रिदिवगणिकामण्डली गीत कीर्तिम्) स्वर्ग की अप्सराओं के समूह के द्वारा जिनकी कीर्ति गायी गयी है तथा (सकल विषय ज्ञान मूर्तिम्) समस्त पदार्थों को विषय बनाने वाले ज्ञान की मूर्ति स्वरूप (त्वाम्) आपकी (स्तोतुम्) स्तुति करने के लिए (यः जनः) जो मनुष्य (तोतूर्ति) तत्पर हैं (क्षेमं पदं अटतः) कल्याणकारी मोक्ष को जाते हुए (तस्य) उस मनुष्य का (पन्थाः) मार्ग (जातु) कभी भी (न जोहूर्ति) कुटिल या बाधित नहीं होता है और (न एषः मर्त्यः) न वह मनुष्य (तत्त्वग्रन्थ स्मरणविषये) सिद्धान्त ग्रन्थों के स्मरण के विषय में (मोमूर्ति) मोह (गाफिलता) को प्राप्त होता है।*

यशोगान

स्वर्ग-लोक की
बालाओं ने
यश गाया है जिनका
ऐसे हे प्रभु!
वीतराग
सर्वज्ञ आपका
भक्ति-भाव से
तत्पर होकर
यशोगान
जो करता

मोक्षमार्ग के
उस राही का
मार्ग अबाधित होता
और तत्त्वचिन्तन
करने में
कभी न वह
गाफिल होता

चित्ते कुर्वन् निरवधि-सुख-ज्ञान-दृग्वीर्य-रूपं,
देव! त्वां यः समय-नियमादादरेण स्तवीति।
श्रेयोमार्गं स खलु सुकृती तावता पूरयित्वा,
कल्याणानां भवति विषयः पञ्चधा पञ्चितानाम् ॥24॥

अन्वयार्थ : *(देव) हे स्वामिन्! (यः) जो मनुष्य (निरवधिसुख ज्ञान दृग्वीर्यरूपम्) अनन्त सुख, अनन्त ज्ञान, अनन्त दर्शन और अनन्तवीर्य रूप (त्वाम्) आपको (चित्ते कुर्वन्) हृदय में धारण करता हुआ (समयनियमात्) निश्चित समय तक (आदरेण) आदरपूर्वक (स्तवीति) स्तुति करता है (खलु) निश्चय से (सः) वह (सुकृती) पुण्यात्मा (तावता) उस स्तुति मात्र से (श्रेयोमार्गम्) मोक्षमार्ग को (पूरयित्वा) पूर्णकर (पञ्चधापञ्चितानाम्) पांच प्रकार के गर्भ, जन्म, दीक्षा, ज्ञान और निर्वाण (कल्याणाम्) कल्याणकों का (विषयः भवति) पात्र होता है।*

भव्य-पुरुष

सदा हृदय में
धारण करके
अतुल ज्ञान-दर्शन
सुख-बलमय
रूप आपका
विनत-भाव से
नाम सदा
जो जपता

ऐसा भव्य-जीव
जल्दी ही
मोक्षमार्ग पर
पूरा चलकर
पाँचों-कल्याणक से पूजित
तीर्थंकर पदवी पाता

भक्ति-प्रह्व-महेन्द्र-पूजित-पद! त्वत्कीर्तने न क्षमाः,
सूक्ष्म-ज्ञान-दृशोऽपि संयमभृतः के हन्त मन्दा वयम्।
अस्माभिः स्तवन-च्छलेन तु परस्त्वय्यादरस्तन्यते,
स्वात्माधीन-सुखैषिणां स खलु नः कल्याण-कल्पद्रुमः ॥25॥

अन्वयार्थ : *(भक्तिप्रह्वमहेन्द्रपूजितपद!) भक्ति से नम्रीभूत इन्द्रों के द्वारा जिनके चरण पूजित हैं ऐसे हे जिनेन्द्र देव! (सूक्ष्मज्ञान दृशः) सूक्ष्मज्ञान रूपी नेत्र धारण करने वाले (संयमभृतः अपि) संयमी महर्षि भी (त्वत्कीर्तने) आपका गुणगान करने में (क्षमाः न) समर्थ नहीं है तब (हन्त) खेद है कि (वयं मन्दाः के) हम मन्दबुद्धि कौन हैं जो आपकी स्तुति कर सकें (तु) किन्तु (स्तवनच्छलेन) स्तुति के बहाने (अस्माभिः) हमारे द्वारा (त्वयि) आपके प्रति (परः आदरः तन्यते) उत्कृष्ट आदर-भाव ही बढ़ाया या प्रकट किया जाता है (खलु) निश्चय से (सः) वह आदर-भाव ही (स्वात्माधीनसुखैषिणाम्) आत्माधीन सुख चाहने वाले (नः) हमारे लिए (कल्याणकल्पद्रुमः) कल्याणकारी कल्पवृक्ष हैं।*

श्रद्धा

भक्ति-भाव से
इन्द्रों ने की
चरण-वन्दना
और आपके
गुण-गाने-में
ज्ञानवान
मुनिजन भी
नहीं समर्थ हो पाते

हम तो हैं
अल्पज्ञ बेचारे
कैसे समर्थ हो सकते
यह स्तुति तो
एक बहाना
प्रभु आप पर
श्रद्धा-प्रेम
जताने अपना
मोक्षार्थी को
कल्पवृक्ष-सम
हितकारी

वादिराजमनु शाब्दिक-लोको, वादिराजमनु तार्किक-सिंहः।
वादिराजमनु काव्यकृतस्ते, वादिराजमनु भव्य-सहायः ॥26॥

अन्वयार्थ : *(शाब्दिक लोकः) सब व्याकरणशास्त्र के जानकार (वादिराजं अनु) वादिराज से छोटे हैं (तार्किकसिंहः) सारे श्रेष्ठ तार्किक (वादिराजं अनु) वादिराज से छोटे हैं (ते काव्यकृतः) जितने भी प्रसिद्ध कवि हैं वे सब भी (वादिराजं अनु) वादिराज से छोटे हैं और (भव्य सहायः) जितने भी भव्य जीवों के सहायक हैं वे भी (वादिराजं अनु) वादिराज मुनिराज से छोटे हैं अर्थात वादिराज मुनिराज सबसे महान हैं। (यहाँ ''वादिराज'' के दो अर्थ हैं—सर्व वादियों में श्रेष्ठ वीतराग जिनेन्द्र भगवान एवं वादिराज नामक मुनिराज।)*

नमन

शब्द-साधना
जिनकी अनुपम
तर्क-ज्ञान
औ कविता भी
नित्य नयी है
भव्य-जनों को
जिनका सदा सहारा
ऐसे मुनिवर वादिराज को
शत-शत नमन हमारा

भाग — 2

प्रवचन-टीका

अध्याय : एक

हम सभी लोग इस बात पर विचार करें कि हम अपने शेष जीवन को कैसे अच्छा बनाएँ। हमारे जीवन में सबसे बड़ी पीड़ा हमारी अपनी परतन्त्रता की है। यहाँ इस संसार में जो जितना स्वतन्त्र है, वो उतना ही सुखी है। छोटे-छोटे बच्चों को देखते हैं, उन्हें किसी बात की चिन्ता नहीं होती, वे बहुत निश्चिन्त और आनन्दित होकर के अपना जीवन जी लेते हैं। लेकिन जैसे-जैसे हम सबके जीवन में आसक्ति बढ़ती है, हम उतने ही परतन्त्र और दु:खी होते जाते हैं। किसी और व्यक्ति के द्वारा जब हमें परतन्त्र बनाया जाता है तो हम दु:ख का अनुभव करते हैं। हम नहीं चाहते कि कोई हम पर अपना अधिकार बताये और हमें अपने अनुसार चलाये, वो हमें बहुत दु:खदायी मालूम पड़ता है। ठीक भी है। लेकिन ऐसा ही हमारे अपने जीवन के बारे में हमें क्यों नहीं लगता कि कोई और हमें परतन्त्र बनाये या न बनाये लेकिन हम स्वयं तो अपने ही परिणामों से अपने जीवन को कितना परतन्त्र बनाये हुए हैं। अपने ही इन्द्रिय और मन की परतन्त्रता हमने स्वीकार कर ली है। इसके लिए हम कोई प्रयत्न नहीं करते। कोई अगर हम पर अधिकार जमाता है, हमें अपने अनुसार कार्य करने लिए कहता है तब तो हम उससे मुक्त होना चाहते हैं, लेकिन ये जो हमने अपने इन्द्रिय और मन के विषयों में आसक्त होकर अपने आपको स्वयं परतन्त्रता में डाल लिया है, उससे मुक्त होने का उपाय हम क्यों नहीं करते हैं? इन्द्रिय और मन के विषयों की परतन्त्रता ही हमारे दु:ख का मूल कारण है, क्योंकि इन्द्रिय और मन की आसक्ति और उसके पीछे छिपा हुआ हमारा अज्ञान, ये दोनों ही हमें इस संसार में भटकाते हैं और दु:ख का कारण बनते हैं।

सिकन्दर अपने आपको सम्राट मानता था, लोग भी उसे सम्राट कहते थे। उसके मन में एक बार विचार आया कि वो किसी साधु पुरुष से अपने जीवन के उत्थान के लिए कोई शिक्षा ग्रहण करे। उसने सैनिकों से कहा कि जाओ हमारे राज्य में कोई साधु हो तो उसे लेकर दरबार में उपस्थित करो। सैनिकों ने बहुत ढूँढ़ा, और

जंगल में एक मुनि महाराज उन्हें दिखाई पड़े। उनसे कहा कि चलिए, हमारे सम्राट ने आपको बुलाया है। तो साधुजी ने जवाब दिया कि सम्राट तो मैं स्वयं हूँ, मुझे कहीं और जाने की आवश्यकता नहीं है। सैनिकों ने कहा कि आपको सम्राट किसने बनाया, सम्राट तो सिकन्दर ही है। तो साधुजी ने कहा कि कह देना कि सम्राट तो मैं ही हूँ। सैनिक वापस गये, सिकन्दर से कहा कि वो जो साधुजी हैं, उन्होंने तो दरबार में आने से इंकार तो कर ही दिया और वो तो ये कह रहे हैं कि सम्राट तो मैं हूँ, किसने कहा कि सिकन्दर सम्राट है? सिकन्दर को थोड़ा गुस्सा आया, हालाँकि जो सम्राट होता है उसको गुस्सा नहीं आना चाहिए। आचार्य महाराज (आचार्यश्री विद्यासागर जी) कहते हैं कि जो महाराज है वो नाराज नहीं और जो नाराज है वो महाराज नहीं। पर सिकन्दर ने फिर कहा कि जाओ, कहना कि सम्राट ने तुम्हें बुलाया है और अगर तुम नहीं आओगे तो तुम्हें उनकी नाराजगी का फल भोगना पड़ेगा। तैयार रहो इसके लिए! सैनिकों ने फिर से जाकर कहा तो साधुजी मुस्कुराकर बोले कि सम्राट तो मैं ही हूँ, तुम्हारा वो सिकन्दर तो गुलामों का गुलाम है, कह देना उससे! अब तो और बहुत मुश्किल हो गयी। जब ये बात सिकन्दर को मालूम पड़ी तो पहले तो थोड़ा क्रोध आया लेकिन फिर सोचा कि खुद चल के इस बात का समाधान करना चाहिए, बात कुछ अलग ही जान पड़ती है और जब साधु के पास जाकर कहा सिकन्दर ने कि मैं ये नहीं समझ पा रहा हूँ कि आप सम्राट कैसे हैं और मैं ये भी नहीं जान पा रहा हूँ कि मैं ग़ुलामों का ग़ुलाम कैसे हूँ? तो साधु महाराज ने कहा कि मुझे किसी चीज की आकांक्षा नहीं है, मैं किसी के भी वश में नहीं हूँ, इसीलिए मैं सम्राट हूँ। मैंने अपनी इन्द्रिय और मन को अपने वश में कर लिया है, मेरे इन्द्रिय और मन मेरे ग़ुलाम हैं, और तुम तो अभी इन्द्रिय और मन के वश में हो, मेरे ग़ुलामों के भी ग़ुलाम हो। इन्द्रिय और मन मेरे ग़ुलाम हैं और तुम इन्द्रिय और मन की ग़ुलामी करते हो तो मेरे गुलामों के ग़ुलाम ही तो हुए। सिकन्दर को तो बोध प्राप्त हो गया, सुनते हैं कि उसका जीवन परिवर्तित हो गया लेकिन हम सब तो ये बात हमेशा से जानते और सुनते आ रहे हैं और फिर भी हम अपने आपको इस ग़ुलामी से मुक्त नहीं कर पा रहे हैं। कितने तरह के बन्धन हमने हमारे ऊपर बाँध रखे हैं। हम भयभीत हैं, यह एक बन्धन है, शरीर के कष्टों से ग्रसित हैं, ये एक बन्धन है, हम अपनी कषायों से ग्रसित हैं, ये एक बन्धन है, हम अपने कर्मों से बँधे हुए हैं, यह भी एक बन्धन है। न भय से मुक्ति, न कष्ट से मुक्ति, न कषाय से मुक्ति, न कर्मों से मुक्ति—हमें किसी चीज से मुक्ति नहीं मिली है, जबकि मुक्ति और स्वतन्त्रता हमारी अपनी निजी है। तो क्या हमें, अपनी इस परतन्त्रता और अपनी इस ग़ुलामी का अहसास करके अपने को मुक्त करने और स्वाधीन करने का उपक्रम नहीं करना चाहिए? करना चाहिए! हमारे मन में, हमारी चेतना में ये भाव उत्पन्न होना

चाहिए कि ये परतन्त्रता मेरे लिए दुःखदायी है। मुझे इससे मुक्त होना चाहिए। और स्वतन्त्रता? स्वतन्त्रता मेरी निजी है। एक बार अपनी उस स्वतन्त्रता का अहसास हो जाए, या कि अपनी परतन्त्रता का अहसास हो जाए तो मानियेगा कि स्वतन्त्र होने का, स्वाधीन होने का, संसार से मुक्त होने का उपाय अपने आप सूझेगा। और इसके लिए सबसे बढ़िया उपाय है कि हम अपनी स्वाधीन अवस्था का दर्शन करें और हमारी अपनी स्वाधीन परिणति का दर्शन हमें जिनेन्द्र भगवान के बिम्ब के दर्शन करने मात्र से हो सकता है। सत्संगति और भगवान की भक्ति संसार से मुक्त होने के दो सबसे आसान उपाय हैं। भगवान की भक्ति भी हमें हमारे स्वरूप का भान कराती है, हमें हमारी स्वतन्त्रता का बोध कराती है, हम परतन्त्र हैं इस बात का हमें ज्ञान कराती है। इसीलिए बहुत बड़े-बड़े आचार्य भगवन्तों ने भगवान की भक्ति के माध्यम से, चाहे भय से मुक्ति हो, चाहे कष्ट से मुक्ति हो, चाहे कषाय और कर्मों से मुक्ति हो, इन सबसे मुक्ति के लिए भक्ति को ही श्रेष्ठ और प्रमुख माना है।

मत्तद्विपेन्द्र-मृगराज-दवानलाऽहि-,
संग्राम-वारिधि-महोदर-बन्धनोत्थम्।
तस्याशु नाशमुपयाति भयं भियेव,
यस्तावकं स्तवमिमं मतिमानधीते॥

हे आदिनाथ भगवान, आचार्य मानतुंग स्वामी स्तुति करते हुए कह रहे हैं कि चाहे वो कषाएँ हों, जो हमारे भीतर हमें बन्धन में डालने के लिए कारण बनती हों, चाहे हमारा अपना अज्ञान भाव हो जिसके कारण हम अपने स्वरूप को ना पहचान करके और भयभीत हों और अपने जन्म-मरण के भय से मुक्त न हो पा रहे हों और चाहे वो शरीर और उससे उत्पन्न होने वाले कष्ट हों, या कि कर्मों का बन्धन हो, इन सबसे मुक्त होने का उपाय आपकी स्तुति ही है। इन सबका भय स्वयं भी भयभीत होकर के भाग जाता है अर्थात् जीव आपकी स्तुति करके भय से मुक्त हो जाता है। अपने स्वाधीन होने का अहसास होते ही ये सारी स्थिति हमारे भीतर अपने आप घटित होने लगती है।

एक राजकुमार एक राजा से, जो पिता थे, उनसे किसी बात पर विचारों में मतभेद होने से घर छोड़ करके चला गया। वर्षों बीत गये। जरा-सी बात थी, लेकिन नहीं लौटा। स्थिति ये हो गयी कि बहुत सुख सुविधाओं में पला था राजकुमार, कुछ तो कर नहीं पाता था, खाने-पीने के लिए भी जब कुछ नहीं रहा, तो भीख माँगना शुरू कर दिया। अन्यत्र किसी राज्य में जाकर वो भीख माँगने लगा। राजा पूरे जीवन अपने बेटे के लौट आने का इन्तजार करते रहे। और बेटा इस बात का इन्तजार करता रहा कि पिता की तरफ से कोई बुलावा आएगा। बेटा तो नहीं झुका लेकिन पिता को लगा कि अब तो जीवन पूरा होने वाला है, एक बार बेटे से मिल लेना चाहिए।

मन्त्रियों को, सैनिकों को आदेश दिया कि जहाँ भी राजकुमार जिस अवस्था में हों, उन्हें लाया जाए। हम उनसे क्षमा चाहते हैं, कोई भूल हमसे हुई हो तो वे हमें क्षमा करें। एक पिता अपने बेटे से कहलवा रहा है। ममत्व की पराधीनता बहुत दुःखदायी है, ये ध्यान रखना। और जब ढूँढते-ढूँढते बामुश्किल भिखारी के वेश में राजकुमार मिले, सैनिक तो नहीं पहचान पाये लेकिन मन्त्री ने पहचान लिया कि ये तो राजकुमार ही है। धीरे से जाकर के राजकुमार के कान में कहा कि भूल गये राजकुमार, पिता याद करते हैं आपको। अब तो उनके जीवन का अन्तिम समय है। उनकी गल्तियों के लिए आप क्षमा करें और लौट चलें। हम आपको लेने आये हैं, वो खड़ा है रथ, आप आएँ और मिलें अपने पिता से। भिखारी का वेश है, हाथ में कटोरा है, अभी-अभी दुकान के सामने खड़े होकर के याचना की है कि भिक्षा मिल जाए और लोगों ने उसे दुत्कार करके भगा दिया है। इस सारी स्थिति से वो राजकुमार अभी कुछ क्षण पहले ही गुजरा है और अब सैनिक आजू-बाजू आकर के हाथ जोड़े खड़े हैं, मन्त्री स्वयं हाथ जोड़े खड़ा हुआ है, रथ खड़ा हुआ है शाही। आसपास धीरे-धीरे समाचार पहुँचता है कि ये जो भिखारी के वेश में है, ये तो उस राजा के पुत्र हैं, राजकुमार हैं और राजा ने इनको बुलाया है। भीड़ जुड़ने लगती है। जिनकी दुकान के सामने अभी थोड़ी देर पहले दुत्कार दिया गया था वे सब पैरों में डले हैं। मुख्य बात तो ये है कि वो जो राजकुमार जो अभी तक अपने को भिखारी मान रहा था और वेश भी भिखारी का ही है लेकिन ये अहसास होने पर कि मैं राजा का पुत्र हूँ और अगले क्षण में राजा बन सकता हूँ, अब कोई उस राजकुमार से कहे कि इनसे भीख माँगो, तो क्या माँगेगा? अब कोई उस राजकुमार से पूछे कि भिखारी के वेश में होने पर भी तुम्हें क्या महसूस हो रहा है, तो वो यही कहेगा कि कौन कहता है कि मैं भिखारी हूँ? मैं सम्राट हूँ, अगले क्षण में सम्राट होने वाला हूँ। ऐसा बोध क्या हममें जागृत नहीं हो सकता? जिनेन्द्र भगवान के दर्शन और उनकी स्तुति से, उनकी भक्ति से, उनके प्रति श्रद्धा उत्पन्न होने से, यानि सम्यग्दर्शन होने से ऐसा ही बोध उत्पन्न होता है, ऐसा ही अहसास हमारे जीवन में होता है कि स्वतन्त्रता मेरी निजी है। ये विभिन्न पर्यायों में, जो मैं अपनी आसक्ति और अज्ञान के कारण बन्धन में पड़ गया हूँ वो मेरी वैभाविक स्थिति है, वो मेरी स्वाधीन अवस्था नहीं है। स्वाधीन अवस्था तो मेरी अपनी निजी है। मैं जिस क्षण चाहूँ, अपनी अज्ञानता और आसक्ति को तोड़ करके उस स्वाधीनता को प्राप्त कर सकता हूँ। भक्ति इस बात का अहसास कराती है और हमें पराधीनता से मुक्त करने में कारण बनती है। अब हम आने वाले समय में विभिन्न आचार्यों ने जो भक्ति करके और मुक्त होने का उपाय बताया है, उस पर ही विचार करेंगे।

एकीभावं गत इव मया यः स्वयं कर्मबन्धो।
घोरं दुःखं भवभवगतो दुर्निवारः करोति॥
तस्याऽप्यस्य त्वयि जिनरवे! भक्तिरुन्मुक्तये चेत्।
जेतुं शक्यो भवति न तया कोऽपरस्तापहेतुः॥ 1॥

वादिराज महाराज जो कि भक्ति में निष्णात हैं, वे भगवान जिनेन्द्र की भक्ति करते हुए कह रहे हैं कि यह जो देह मेरे पास एकमेक हुई दिखाई पड़ती है, और यह जो कर्मों का बन्धन मेरे साथ एकमेकपने को प्राप्त हो गया है, जो जन्म-जन्मान्तरों में मेरे साथ जाकर के मुझे अत्यन्त दुःख देता है और जिसका निवारण करना सहज साध्य नहीं है, वह भी हे जिन भगवान रूपी सूर्य! आपकी भक्ति के द्वारा वह कर्मों का बन्धन भी नष्ट हो जाता है। तब संसार का और कौन-सा सन्ताप है जिससे कि मुक्त न हुआ जा सके?

इस आत्मविश्वास और भगवान के प्रति अत्यन्त श्रद्धा से भक्ति की शुरुआत करते हैं वादिराज महाराज! वास्तव में उनके भीतर जो भगवान के प्रति श्रद्धा है वो उन्हें ये कहने का साहस दे रही है कि आपकी भक्ति करुँगा, आपकी स्तुति करूँगा तो मैं कर्मों के बन्धन से मुक्त हो जाऊँगा। तब ये छोटी-छोटी सी चीजें, ये छोटे-छोटे सन्ताप, ये दुःख जिनसे कि मैं इस संसार में ग्रसित हूँ, उनसे क्या मुक्त नहीं हो पाऊँगा? अवश्य मैं उनसे भी मुक्त हो जाऊँगा। वास्तव में दुःख संसार नहीं देता, दुःख का कारण मैं अपने भीतर ही झाँक करके देखूँ तो दिखाई पड़ेगा कि मेरे अपने स्वरूप से मेरी अनभिज्ञता, वही वास्तव में दुःख का कारण है। और स्वरूप से अनभिज्ञ होकर के मैं पर पदार्थों में अपनेपन का जो भाव रखता हूँ, उस अज्ञानता के चलते मैं पर पदार्थों में जो आसक्त हो जाता हूँ, वह भी मेरे दुःख का कारण है। और जब आपके दर्शन करता हूँ, आपके गुणगान करता हूँ तो मुझे अपने स्वरूप का बोध होता है, पर पदार्थों से मेरी आसक्ति घटने लगती है और मैं कर्मों के बन्धन से सहज रूप से ही मुक्त होने लगता हूँ। सचमुच जब आपकी स्तुति, भक्ति मुझे कर्मों के बन्धन से मुक्त कर देगी तो संसार के दुःख से तो मुक्ति बहुत आसान हो जाएगी। सब जीव यहाँ पर संसार के दुःखों से ही मुक्त होना चाहते हैं। उसका सहज-सा उपाय है, भगवान जिनेन्द्र के प्रति हमारी भक्ति हो, जिससे हमें अपने स्वरूप का बोध हो और पर पदार्थों के प्रति हमारी आसक्ति घटे, ममत्व भाव घटे। सहज रूप से हम मुक्त होकर के दुःख से बच सकते हैं।

विशाखा, माँ थी, जिसके एक ही बेटा था। और अचानक ही रोग से ग्रसित होने पर उसका देहावसान हो गया। बारह वर्ष के अपने उस इकलौते पुत्र के मरण से विशाखा अत्यन्त दुःखी हो गयी। सबने उसे धैर्य बँधाया लेकिन उसका मन इस घटना से अत्यन्त विचलित हो गया।

उसने एक साधु के चरणों में जाकर के निवेदन किया कि भगवन मुझे धैर्य बँधायें, मैं बहुत दुःख में हूँ।

साधु ने कहा, ''विशाखा, तुम्हें क्या दुःख है?''

''यही भगवन, कि मेरे एक ही तो पुत्र था और उसका भी देहावसान हो गया।''

''अच्छा विशाखा, अगर इस वैशाली में जितने भी पुत्र हों, वो सब तुम्हारे हो जाएँ तो तुम्हें कैसा लगेगा?''

''भगवन तब तो बहुत आनन्दित होऊँगी मैं। अगर सारी वैशाली के बच्चे मेरे पुत्र हो जाएँ तब तो मुझे हर्ष होगा, बहुत आनन्द होगा।''

''तो दूसरी बात मैं ये पूछना चाहता हूँ विशाखा कि वैशाली में कोई न कोई पुत्र तो रोज़ ही मरता होगा?''

''हाँ भगवन, इतने बड़े वैशाली में एक न एक, किसी न किसी का पुत्र तो रोज मरता होगा।''

''तो विशाखा अगर सारे पुत्र तुम्हारे होंगे तब तो तुम्हें रोज़ ही दुःख होगा। फिर सब पुत्र तुम्हारे हो जाएँ, इस बात का सुख तो तुम्हारा नष्ट ही हो जाएगा।''

अब विचार करते ही विशाखा की आँख खुल गयी। जिसके सौ सगे उसके सौ दुःख और जिसने सबको अपना मान लिया लेकिन ममत्व भाव छोड़कर के अपना माना है उसके कोई दुःख नहीं है। मेरे अपने जीवन में जो मैं ममत्व रखता हूँ जिस चीज के प्रति, उस चीज के अभाव में मैं स्वयं दुःखी होता हूँ, उसके सदभाव में, मैं थोड़े सुख का अनुभव करता हूँ और अगर मैं इन वस्तुओं से अनासक्त हो जाऊँ तो मैं सुख दुःख दोनों से ही ऊपर उठ सकता हूँ, दोनों से ही मुक्त हो सकता हूँ। सीधा-सा उपाय है मुक्ति का। हमें इन छोटी-छोटी बातों से शिक्षा लेनी चाहिए और अपने जीवन में अपने स्वरूप का बोध करके पर पदार्थों को, इस देह को भी पर मान करके जो आसक्ति है उसे घटाना चाहिए, जो ममत्व भाव है उसे घटाना चाहिए। भगवान की भक्ति हमारे जीवन को अज्ञान और ममत्व दोनों से बचाने में सक्षम है। इसीलिए हमें भगवान की भक्ति करने के लिए तत्पर होना चाहिए। भगवान की भक्ति से अज्ञान और आसक्ति में कमी आएगी। जो लोग भक्ति कर रहे हैं, पूजा पाठ कर रहे हैं, उनसे भी मुझे इतना ही कहना है कि अज्ञान और आसक्ति घटी हो तो पूजा और पाठ सार्थक है। और अगर नहीं घटी हो तो पूजा पाठ और अच्छे ढंग से करें जिससे कि अज्ञान और आसक्ति घटती जाए और हम स्वतन्त्र हो जाएँ। हम उस पराधीनता को पहचान करके उससे मुक्त होने का उपाय करें। भगवान अत्यन्त स्वाधीन अवस्था को प्राप्त हो गये हैं। रोज़-रोज़ उनकी उस स्वाधीन अवस्था का दर्शन करके क्या हमारे मन में अपनी स्वाधीनता का जरा भी

विचार नहीं आता? अपनी पराधीनता से हमें जरा भी कष्ट नहीं होता? होना चाहिए, वह पूजा और भक्ति हमें ये प्रेरणा देती रहे तो हम आसानी से अपने जीवन को मुक्त करने का उपाय कर सकते हैं।

एक और छोटी-सी घटना मुझे स्मरण में आती है। शायद हमें प्रेरणा मिले उससे। एक तोते को किसी व्यक्ति ने अपने शौक के लिए पिंजरे में पकड़ करके, बन्द करके रख लिया था। वैसे तो किसी भी जीव को बन्धन में नहीं डालना चाहिए, लेकिन क्या करें हम लोग अपने थोड़े से सुख के लिए बहुत जीवों को बन्धन में डाल करके आनन्दित होते हैं जबकि बन्धन में तो कोई भी आनंदित नहीं होता। वो तोता भी बहुत व्यथित होता था। कहाँ वो स्वतन्त्र आकाश में विचरण करने वाला जीव और कहाँ उसे बन्धन में डालकर रख दिया। भले ही पिंजरे के भीतर उसे सारी सुख सुविधाएँ थीं, पिंजरा आलीशान भवन में टंगा हुआ है, सोने-चाँदी की कटोरियों में पानी और खीर खाने के लिए रखी हुई है, सब कुछ है, लेकिन बन्धन की पीड़ा वो जानता है, हमें जरूर अहसास नहीं होता। हमें तो यही जो स्थिति है वही स्वाभाविक जान पड़ती है। हमें तो सुबह से शाम तक अपने इन्द्रिय और मन की पराधीनता ही स्वाभाविक जान पड़ती है। हमें कभी अपने इन्द्रिय और मन की पराधीनता, पराधीनता नहीं लगी, तभी तो हम सुबह से शाम तक उसी में लगे हुए हैं। अपने दुःख का उपाय अपने हाथ से करते हैं और फिर कहते हुए पाये जाते हैं कि क्या करें, बहुत दुःखी हूँ इस संसार में। लेकिन उस तोते को देखें कि वो सारे अपार वैभव और ठाठ-बाट के बीच भी इस बात के लिए चिन्तित है कि क्या करूँ जिससे कि मैं मुक्त हो जाऊँ? उसे मालूम पड़ा कि कोई साधु महाराज आये हैं जिनके दर्शनार्थ, जिनकी पूजा भक्ति के लिए ये सेठजी रोज़ जाते हैं। और सेठजी भी घर आकर के सबको सुनाते थे कि आज महाराज ने ये कहा, आज महाराज ने इतनी बढ़िया बात कही।

तो एक दिन तोते ने भी अब सेठजी से कहा कि महाराज से मुक्त होने का उपाय पूछकर तो आइएगा कि इस संसार से मुक्ति का क्या उपाय है भगवन्?

तो सेठजी हँसने लगे कि, ''ये तोता छोटा-सा, ये भी संसार से मुक्ति चाहता है। अरे मैं मनुष्य हूँ, बड़े-बड़े लोग चाहें तो ठीक है, पर ये क्षुद्र-सा प्राणी, फिर भी चलो इसने कहा है तो पूछ लेंगे महाराज से।'' सेठजी ने जाकर के महाराज से जब पूछा कि महाराज मेरे यहाँ जो तोता है, वो भी आपसे कुछ बात पूछना चाहता है।

महाराज ने कहा कि क्या पूछना चाहता है?

''यही कि मुक्ति का क्या उपाय है, बताएँ महाराज!''

तो जैसे ही प्रश्न सुना महाराज ने और वे जिस स्थान पर बैठे थे वहीं पर लेट गये और ऐसा लगा जैसे कि अब विश्राम कर रहे हैं, सो गये हैं।

बड़ा अजीब लगा सेठजी को, कि मैं तो सोच रहा था कि तोते के बहाने महाराज मुझे भी मुक्ति का उपाय बताएँगे। लेकिन इन्होंने तो कुछ ध्यान ही नहीं दिया उसके प्रश्न पर। मैंने भी शायद ठीक समय पर नहीं पूछा है। महाराज के विश्राम का समय हो गया होगा, चलो फिर कभी पूछ लूँगा। और सेठजी लौट गये।

घर पहुँच कर के तोते ने पूछा कि, सेठजी, मेरे प्रश्न का उत्तर दिया क्या महाराज ने?

"अरे भाई, तुम्हारे प्रश्न का उत्तर तो उन्होंने कुछ दिया नहीं। कुछ बोले ही नहीं। मैंने जैसे ही तुम्हारा प्रश्न रखा उनके सामने, वे तो अच्छे भले बैठे थे, फिर बाद में लेट गये और विश्राम ही करने लगे। अब कभी मैं जाऊँगा तो तुम्हारे प्रश्न का उत्तर पूछ करके आऊँगा।"

तोता मन ही मन मुस्कुराया कि सेठजी मेरा उत्तर तो मिल गया। और अगले दिन सुबह सारे घर में हल्ला मच गया कि तोता ना तो खाता है, ना पीता है, ना आँख खोलता है। वो तो निढाल होकर के, शिथिल होकर के पिंजरे में पड़ा है। क्या पता प्राण हैं या नहीं हैं या आयु पूरी हो गयी, लगता तो ऐसा ही है। अब क्या करें? क्या करें, पिंजरा खोलो। पिंजरा खोलो, निकालो उसको, उपचार करेंगे उसका। कहीं ऐसा न हो कि मर ही गया हो। तो जैसे ही पिंजरा खोल करके और तोते को बाहर निकाला, तोता उड़ करके पेड़ पर बैठ गया। और कहा कि मेरी मुक्ति का उपाय तो महाराज ने बता दिया था कि मुक्त होने का उपाय यही है कि संसार में विषय कषाय से सोये रहो और अपने आत्म स्वरूप में जागते रहो। दूसरी तरह से कहें तो संसार के व्यवहार में सोये रहो और अपने आत्मा के स्वरूप में निश्चय से जागते रहो, वास्तव में स्वतन्त्र होने का यही सबसे आसान और आध्यात्मिक उपाय है। हमें अपनी स्वतन्त्रता के लिए ऐसा ही पुरुषार्थ करना चाहिए और अपने जीवन से इन पराधीनताओं को हटाकर अपने उस स्वभाव को, जो स्वाधीन है, उसे प्राप्त करना चाहिए। भगवान की भक्ति भी हमें यही प्रेरणा देती है। इसी भावना के साथ बोलिए आचार्य गुरुवर विद्यासागरजी महाराज की जय।

अध्याय : दो

हम सभी लोग अपने जीवन को अच्छा बनाने के विभिन्न उपायों पर विचार कर रहे हैं। एक बहुत आसान-सा, अपने जीवन को अच्छा बनाने का उपाय भगवान की भक्ति भी है। इस कलियुग में सत्संग और भगवान की भक्ति, ये दो जीवन को अच्छा बनाने के बहुत आसान उपाय हैं। भगवान की भक्ति किस तरह से करें जिससे कि हमारा जीवन अच्छा हो, ये जिम्मेदारी हमारी है। हमारा जीवन अच्छा क्यों नहीं है? क्योंकि हमारे जीवन में परतन्त्रताएँ बहुत हैं। हम इन्द्रिय और मन के विषयों को लेकर के बहुत परतन्त्र हैं। हमारी इच्छाएँ, हमारी वासनाएँ, वे भी हमें परतन्त्र बनाये हुए हैं। और भगवान की भक्ति हमें इस तरह की परतन्त्रता से मुक्त करने में कारण बनती है।

भगवान का दर्शन, उनकी वीतरागता का स्मरण, उनके गुणों का चिन्तवन और उनके जैसे बनने की भावना और लगन हमारे जीवन में आसक्ति को घटाती है, इन्द्रिय और मन के विषयों से हमें विरक्त करती है, और हम अपने उस स्वाधीन और स्वतन्त्र आत्मस्वरूप की तरफ दृष्टिपात करते हैं जिससे कि हमारा जीवन अच्छा बनने लगता है।

भक्ति तो सभी लोग करते हैं, तो फिर क्यों सबका जीवन अच्छा नहीं बन पाता? असल में भक्ति करने का सबका ढंग अलग-अलग हो सकता है, पर भक्ति की जो भावना है वो ज्यादा महत्त्वपूर्ण है। हम लोगों का भक्ति करने का जितना ध्यान भक्ति के ढंग पर है कि किस ढंग से भक्ति की जानी चाहिए, उससे यदि अधिक ध्यान इस बात पर हो कि किन भावों से भक्ति की जानी चाहिए, तो जरूर हमारा जीवन उस भक्ति के माध्यम से भी बहुत ऊँचा उठ सकता है। एक Prayerful, एक Devotional attitude हमारे भीतर जब तक नहीं होगा तब तक वो हमारी भक्ति हमारे जीवन को ऊँचा नहीं उठा सकती, हमारे जीवन को अच्छा नहीं बना सकती। भगवान की भक्ति करने वाले के लिए, भगवान कुछ देते लेते हों, ऐसा नहीं

है। असल में वो जो हमारी भक्ति का भाव है, वो हमारे चित्त को निर्मल बनाता है ये हमारी उपलब्धि है, जो हमारे भीतर के विकारों को हटाता है, हमें स्वाधीन और स्वतन्त्र बनाता है, हमारी परतन्त्रता को मिटाता है, वो भक्ति का भाव ही हमारे जीवन को परिवर्तित करने का सबसे बड़ा कारण है। भगवान तो सिर्फ एक निमित्त हैं। उनकी Presence, उपस्थिति का अहसास, वो हमारे जीवन को परिवर्तित करता है।

लेकिन वर्तमान में हम सब का ध्यान इस बात पर ज्यादा होता है कि भक्ति कैसे की जाये और उसका ढंग क्या होना चाहिए। एक व्यक्ति को मन्दिर में पूजा का काम सौंपा गया। पुजारी की तरह उसे मन्दिर में रखा गया, और छः आने पैसे के हिसाब से उसे वेतन मिलेगा, यह तय कर दिया गया। सस्ते का जमाना था, छः आने पैसे बहुत थे। मजा यह है कि अब तो सब काम इसी तरह होते हैं। जिनमें भावना से अधिक धन पैसा ये सारी चीजें ज्यादा जुड़ी हुई होती हैं। क्या स्थिति हम लोगों की है, किस समय से हम गुजर रहे हैं जहाँ कि भगवान की पूजा करने के लिए भी एक व्यक्ति को पैसा देकर के appoint करना पड़ता है। कल के दिन ऐसा ना हो कि हमारी तरफ से तुम उपवास कर लेना, हमसे एक-एक उपवास के सौ-सौ रुपये ले लेना और उसका फल हमें मिल जाएगा। कल के दिन व्रत नियम भी हमारी तरफ से कोई पालन कर लेगा, आज तो हमारी तरफ से कोई पूजा कर देता है भगवान की और उसका फल हमें मिल जाता है। क्या ऐसा सम्भव है? अपने किये ही अपना उत्थान होता है भैया, दूसरे के किये तो उसका उत्थान होगा। सबको अपने-अपने जीवन को अच्छा बनाने के लिए स्वयं अपना पुरुषार्थ करना होगा। फिर भी मन्दिर की व्यवस्था थी, पुजारी जी को रख दिया गया लेकिन दस पन्द्रह दिन ही पूजा का काम चला और फिर शिकायत आना शुरू हुई। जो ट्रस्टी थे मन्दिर के, वो सब इकट्ठे हुए। उन्होंने एक मीटिंग रखी कि बहुत सुनने में आ रहा है कि पुजारी ठीक नहीं है, अलग करना पड़ेगा लेकिन इससे पहले कि अलग करें, देख तो लें कि उसकी क्या कमी है, क्या गलती वो कर रहा है। तो वैसे तो उनको फुर्सत नहीं मिलती थी सुबह से पूजा के समय, लेकिन अब चूँकि पूजा करने वाले की गल्तियाँ देखना है इसीलिये पूजा देखने के लिए आना पड़ेगा। पूजा करने के लिए वक्त नहीं है, नहीं तो सुबह से आ जाते तो पुजारी क्यों रखना पड़ता लेकिन अब पुजारी जी पूजा करने में गलती कर रहे हैं ये देखने के लिए तो ट्रस्टीज को भी आना पड़ेगा। आये वो चुपचाप, छुपके देखा तो क्या देखते हैं कि पुजारी जी मन्दिर के बाहर बने हुए कुएँ पर बढ़िया से स्नाान करके, बड़े प्रफुल्लित हैं, नृत्य कर रहे हैं, नहा भी रहे हैं, और बड़े आह्लादित होकर के वे भगवान की पूजा की थाली सजाते हैं। तो माली जी ने बहुत सारे फूल लाकर रखे हैं, और प्रसाद भी बनाकर के रखा हुआ है, वो सब

पूजा की थाल में सजा रहे हैं। तो देखते क्या हैं कि पुजारी जी एक-एक फूल सूँघते हैं, बहुत अच्छा है और थाली में सजा कर रख देते हैं। फिर दूसरा फूल उठाते हैं, उसे सूँघते हैं और फिर रख देते है। फिर जो मीठा चढ़ाने के लिए आया था उसको थोड़ा-सा चखकर के देखते हैं, हाँ..बहुत अच्छा है फिर पूरा रख देते हैं उसमें। अच्छा, इसीलिये शिकायत आ रही थी, गड़बड़ यहाँ है।

फ़ौरन जाकर के पुजारी से कहा, ''यह क्या करते हो? सारी द्रव्य तूने झूठी कर दी, भगवान के चढ़ाने लायक नहीं रह गयी। तुम्हें पूजा करने का ढंग नहीं आता, छुट्टी तुम्हारी!''

पुजारी जी क्या बोलें? बोले, ''सयाने पैसे देना हो तो दो, ना देना हो सो ना दो। हम तो बस पूजा करना जानते हैं, पूजा का ढंग आप जानो। हम तो भगवान की पूजा करते हैं। आपका पूजा करने का क्या ढंग है, वो हमें नहीं मालूम।''

तो वे सब लोग बोले कि तूने तो ये सारी द्रव्य झूठी कर दी।

तब पुजारी जी ने कहा, ''ये भी मैं नहीं जानता। मैं जब बचपन में छोटा-सा था तो मेरी माँ कोई भी चीज मुझे खिलाने से पहले खुद चखकर देखती थी कि ठीक है कि नहीं और इतने बड़े भगवान जी को अगर मैं फूल चढाऊँ और अगर उसमें सुगन्ध ही ना आये तो वो क्या कहेंगे? ऐसा चढ़ाया बिना सुगन्ध वाला, तो पहले सूँघकर के खुद देख लेता हूँ कि अगर ठीक है तो चढ़ाता हूँ। मेरे पूजा करने का ढंग तो ऐसा ही है। जैसे कि माँ अपने बेटे को बहुत प्यार से भोजन कराती है, मैं भी अपनी पूजा-भक्ति बहुत प्यार और बहुत श्रद्धा से करता हूँ। बहुत devotional attitude है मेरा, बहुत समर्पित भाव से करता हूँ। बाकी ढंग आप जानो कि कैसे करना चाहिये। सूखे द्रव्य से करनी चाहिए कि गीले से करनी चाहिए कि फल-फूल चढ़ाना चाहिये कि सूखी द्रव्य चढ़ाना चाहिए। जो आप को करना हो, खड़े होकर करनी है तो खड़े होकर करो, बैठकर करनी हो तो बैठ के करो। वो ढंग आप जानो, मैं तो सिर्फ उसका भाव जानता हूँ कि पूजा करने के पीछे भाव क्या है, उद्देश्य क्या है। चित्त की निर्मलता उद्देश्य है बाकि सब चीजें तो आलम्बन हैं, उन आलम्बन में उलझने से काम नहीं चलेगा। हमें तो अपने परिणाम सँभालने पड़ेंगे।''

भक्ति में पहली आवश्यकता है कि भगवान के गुणों के प्रति मेरे मन में अपार श्रद्धा और प्रेम हो तब ऐसी भक्ति मेरे जीवन को निर्मल बनाएगी, मेरे चित्त को मलिनताओं से बचाएगी। और दूसरी चीज, भगवान को देखने की आँख होना चाहिए। वो श्रद्धा की आँख से ही दिखाई पड़ता है। वरना पाषाण में वहाँ कहाँ भगवान हैं, वो तो सिर्फ हमारे अन्तरंग के भावों की निर्मलता के कारण, 'जाकी रही भावना जैसी, प्रभु मूरत देखी तिन तैसी'—मूर्ति में भगवान नहीं हैं, मेरे भावों में मैंने भगवान को, उनके गुणों को स्मरण में लाकर के उस मूर्ति में आरोपित किया है। वो

मूर्ति तो सिर्फ माध्यम है, मेरे उस भगवान की छवि जो मेरे अन्तरंग में है उसका वो प्रतिरूप है, उसकी वो प्रतिकृति है। वो मूर्ति को नहीं पूजता मैं, उसमें बैठे हुए मूर्तिमान को पूजता हूँ। इस श्रद्धा के साथ यदि हमारी भक्ति है तो वो भक्ति हमारे जीवन को अच्छा बनाने में कारण बनेगी।

सुनने में आता है, कहते भी हैं कि कण-कण में भगवान हैं, इसके मायने क्या हैं? इसके मायने ये हैं कि मेरे अन्दर इतनी श्रद्धा है कि जहाँ कहीं भी देखता हूँ, जहाँ भी साँस धड़कती है वहाँ पर मुझे भगवत्ता दिखाई पड़ती है क्योंकि परमात्म अवस्था को प्राप्त करने की सामर्थ्य और हैसियत वाली चेतना जैसी मेरी है, वैसी ही सबके भीतर है। एक दीन-हीन व्यक्ति के भीतर भी मुझे वही चेतना और उसकी वो परमात्म अवस्था को प्राप्त करने की सामर्थ्य दिखाई पड़ती है, इसीलिए कहना पड़ा कि कण-कण में भगवान दिखाई देते हैं। ये दृष्टि चाहिए भक्ति के लिए, भक्ति के लिए भाव अत्यन्त निर्मल हों, भक्ति के लिए दृष्टि अत्यन्त श्रद्धा सम्पन्न होनी चाहिए तब जाकर के वो भक्ति हमारे जीवन को रूपान्तरित कर पायेगी, परिवर्तित कर पायेगी। कोशिश करें कि ऐसी दृष्टि हम प्राप्त कर पाएँ। अभी तो दृष्टि में कोई अपना, कोई पराया, कोई दीन-हीन गरीब, कोई छोटा कोई बड़ा, जाने कितने भेदभाव से युक्त जीव दिखाई पड़ते हैं, लेकिन एक वैसी दृष्टि जहाँ हर जीवात्मा के भीतर भगवत्ता दिखाई देने लगे वैसी दृष्टि हमारे भीतर उत्पन्न हो। जिसके भीतर ऐसी दृष्टि उत्पन्न हो जाएगी, तो बताइये उसका जीवन अच्छा बने बिना कैसे रहेगा?

वादिराज महाराज ने भगवान की भक्ति करी और भगवान की भक्ति करते हुए वो शुरुआत में जयघोष करते हैं कि ये शुरु करता हूँ भगवान आपकी भक्ति, मेरे कर्मों के बन्धन से मैं आपकी भक्ति के माध्यम से मुक्त हो जाऊँगा तब और कौन-सा संसार का दुःख है जो कि मेरे जीवन में शेष रह जाएगा? इतनी अपार श्रद्धा और इतने दृढ़ आत्म विश्वास के साथ वो भक्ति शुरु करते हैं क्योंकि उनके पास वो दृष्टि है। वो देख पा रहे हैं कि भगवान के स्वरूप के जैसा ही मेरा स्वरूप है। प्राणी मात्र के भीतर भी वो ही आत्मा विद्यमान है, ऐसी दृष्टि के कारण वो इतने आत्म विश्वास से भरकर के कह रहे हैं कि मैं चाहूँ तो आपकी भक्ति के द्वारा ऐसी दृष्टि प्राप्त करके अपने सारे विकारों को, अपने सारे कर्मों को हटाकर के और संसार के दुःखों से मुक्त हो सकता हूँ। और आगे कहते हैं,

ज्योतीरूपं दुरित निवह-ध्वान्त-विध्वंस-हेतुं,
त्वामेवाहुर्जिनवर! चिरं तत्त्व-विद्याभियुक्ताः।
चेतोवासे भवसि च मम स्फार-मुद्भासमान-
स्तस्मिन्नंहः कथमिव तमो वस्तुतो वस्तुमीष्टे ॥ 2 ॥

हे भगवान, मैंने बहुत बड़े-बड़े महान आत्माओं से यह कहते सुना है कि आप

ज्योति रूप हैं। 'दुरित निवह ध्वान्त विध्वंस हेतुं', और ऐसे ज्योति स्वरूप हैं जो हमारे भीतर के पाप रूपी अन्धकार को नष्ट करने वाला है। ये जो सूरज की रोशनी है वो तो संसार में फैले हुए रात्रि के अन्धकार को दूर करने में कारण बनती है, लेकिन आप उस ज्योति रूप हैं जो हम सबके चित्त में बैठे हुए विकार के अन्धकार को, पाप के अन्धकार को दूर करने में सहायक है। यह मैं कह नहीं रहा हूँ, बल्कि ये तो मैंने सुना है, और बहुत-बहुत महान लोगों से सुना है। मैंने तो सिर्फ इतना किया है भगवान कि 'चेतो वासे भवसि च', मैंने आपको अपने हृदय में बिठा लिया है।

भक्ति में तीसरी जरूरत ये है कि भगवान के प्रति इतनी निकटता का अहसास हो कि मानो वे हमारे ही अन्तरंग में आकर विराजे हों। भगवान अन्तरंग में आकर के विराजेंगे, इसके मायने बहुत physical existence नहीं है। वो जो भगवान की गुणवत्ता है, वो जो उनकी वीतरागता है, वो मेरे भीतर भी प्रकट हो जाये तो मानो कि भगवान मेरे ही अन्दर आकर के विराज गये हैं। वहाँ यह आशय लेना चाहिए। और कह रहे हैं वादिराज महाराज कि 'चेतोवासे भवसि च मम स्फार-मुद्भासमान' आप मेरे हृदय में आकर के प्रकाशमान हो रहे हैं। तो बताइएगा कि मेरे अन्दर पाप रूपी अन्धकार रहेगा कैसे? मेरा चित्त उस पाप से मुक्त हो जायेगा जिसके कारण संसार के दु:ख भोगने पड़ते हैं। तो मैं सारे सन्ताप से ही मुक्त हो जाऊँगा अगर मेरे भीतर का पाप का अन्धकार नष्ट हो जाये। मुझे भी ज्ञान की ज्योति प्राप्त हो जाएगी तो फिर कहाँ इस संसार का कोई दु:ख मेरे जीवन में शेष रहेगा। इतने आत्मविश्वास के साथ, इतनी भगवान से निकटता महसूस कर रहे हैं। एक दृष्टि उनके पास है, एक भाव उनके पास है। हम भी चाहें तो अपने भावों को भगवान की भक्ति के योग्य बनाएँ। अपनी दृष्टि को निर्मल बनाएँ जिसमें कि सब ओर भगवत्ता दिखाई पड़ सके। और अपने ही अन्तरंग में उस भगवत्ता की presence feel कर सकें। उसके होने का अहसास हमारे भीतर हो। उससे निकटता का अहसास हमारे भीतर हो, फिर देखियेगा ये सारी चीजें हमारे जीवन को कितना अच्छा बनाती हैं और हमें इस संसार के दु:खों से मुक्त करने में हमारी मदद करती हैं। होना चाहिए हमारे अन्दर दृष्टि और भावों की निर्मलता। तर्क वितर्क से भक्ति का कोई सम्बन्ध नहीं है। ऐसा करने से ऐसा होगा, ऐसा करने से ऐसा होगा, यह सब संसार का हिसाब किताब भक्ति के क्षेत्र में नहीं चलता भैया। फूल चढ़ाने से ज्यादा लाभ मिलेगा या कि चावल चढ़ाने से, खड़े होकर पूजा करने से ज्यादा लाभ मिलेगा या कि बैठकर करने से, इससे ज्यादा फर्क नहीं पड़ता। फर्क तो मेरे अपने भावों से, मेरी अपनी दृष्टि से और भगवत्ता के अहसास से पड़ता है इसीलिये ज्यादा Concentration हमारा इन चीजों पर होना चाहिए। जिसका इन चीजों की तरफ ज्यादा ध्यान है उसकी बाकि चीजें

अपने आप व्यवस्थित हो जाती हैं। जिसका अन्तरंग जितना सँभला होता है उसका बाह्य जीवन सँभले बिना नहीं रहता। पर हम बाहर से अपने जीवन को सम्भालने का प्रयत्न करते हैं और भीतर कहीं चूक रही आती है, हमें उसे भी ध्यान में रखना चाहिये कि बाहर हम जितना अपने जीवन को सम्भालने के लिए उपाय करते हैं काश उतना ही हमारे अन्तरंग को भी हम सम्भालें। ज्यादा तर्क-वितर्क में, होशियारी में ना पड़कर के अत्यन्त सहज, सरल भाव से भगवान की भक्ति करें।

एक व्यक्ति को गाँव में लॉटरी खुली। आती तो हँसी है इस उदाहरण में लेकिन है बड़ा महत्त्वपूर्ण उदाहरण। उसकी लॉटरी खुली। छोटा-सा तो गाँव था और लोगों को जब मालूम पड़ा कि उस बिल्कुल नासमझ आदमी की लॉटरी खुल गयी तो लोगों ने उससे पूछा कि क्यों ये जो 79 नं. खुला है इसका आइडिया तुम्हारे मन में कैसे आया?

उसने कहा कि इसमें क्या, मुझे एक सपना आया था।

तो लोगों ने कहा कि अच्छा! तुम्हें टिकिट खरीदने से पहले सपना आया था? तो उसने कहा कि हाँ।

''तो क्या दिखा था तुमको सपने में?''

''कुछ नहीं, एक खेल चल रहा था स्वप्न में, स्टेज बना हुआ था। उसमें सात लोग इधर खड़े थे, सात लोग उधर खड़े थे, फिर उनके बीच में और सात-सात लोग आकर खड़े हो गये। इस तरह से सात-सात लोगों की सात लाइन लगी। जैसे ही मैंने देखा कि सात-सात लोगों की सात लाइन लगी है, मैंने फ़ौरन हिसाब लगाया कि सात में सात का गुणा करने से उन्यासी आएँगे और मैंने नं. लगा दिया।''

सबने कहा कि हो तो तुम बुद्धू, सात में सात का गुणा करने से उन्यासी नहीं आते कभी।

तो उसने कहा कि ठीक है आप लोग बने रहो गणितज्ञ, ईनाम तो हमें मिली, लॉटरी तो हमारी खुली। होते होंगे आपके घर में उनंचास। हमारे तो सात में सात गुणा करने से 79 आये थे सो हमने लगा दिये।

ये उदाहरण पढ़कर के हँसी आती है उसकी गैर बुद्धिमानी पर लेकिन अगर हम अपने जीवन में झाँककर के देखें तो हम भक्ति के क्षेत्र में वर्तमान समय में होशियारी कर रहे हैं, अपनी बुद्धि लगा रहे हैं, हिसाब किताब से चल रहे हैं, नाप तौलकर के भक्ति कर रहे हैं ऐसा कहना चाहिये। हाँ! नाप तौलकर के आती है द्रव्य, मैं तो रोज देखता हूँ थाली लगाने वाले को, उसे instruction हैं, इतनी-इतनी रखना इसमें ज्यादा रख दी, उसमें रखो। थाली लगाते हैं तो भी उसका तय है कि इतनी द्रव्य धुलेगी, उससे ज्यादा नहीं धुल सकती, इससे ज्यादा नहीं चढ़ेगी क्योंकि हिसाब तय है, क्योंकि इतनी द्रव्य का इतना खर्चा आता है वो ट्रस्टीज ने उतना ही

दिया है, उतनी ही चढ़ाना पड़ेगी। उतने में ही अगर आपका भाव खोबा भरकर के चढ़ाने का है तो नहीं...नहीं...नहीं...आप तो उतनी ही चढ़ाओ बस ऐसे ही। आपके भावों से नहीं चलेगा, हिसाब किताब से चलेगा, नाप तौल से चलेगी आपकी भक्ति।

भैया, चौथी बात है कि भक्ति में नाप तौल और हिसाब-किताब नहीं चलता। भक्ति में तो ये सब चीजें पीछे छूट जाती हैं, और मेरे अपने परिणाम और उन परिणामों की उज्ज्वलता ही उन क्षणों में काम आती है। इसीलिये इतना सब भक्ति का अनुष्ठान पूजा पाठ करते हुए भी हमारा जीवन अगर परिवर्तित नहीं हो पा रहा है तो हमें अपनी उस भक्ति और पूजा के अनुष्ठान में कहाँ क्या परिवर्तन करना है वो कर लेना चाहिए और इस भक्ति के माध्यम से जैसे बने वैसे अपने जीवन को अच्छा बनाने का प्रयत्न करना चाहिए। इसी भावना के साथ कि हम श्रद्धा और भावों की निर्मलता से भक्ति करके अपने जीवन को अच्छा बनाएँ, बोलिये आचार्य गुरुवर विद्यासागर जी महाराज की जय!

अध्याय : तीन

हम सभी लोग भक्ति के माध्यम से अपने जीवन को अच्छा बनाने की प्रक्रिया पर विचार कर रहे हैं। भक्ति वीतराग भगवान की होती है लेकिन भक्ति करने वाले की अपनी योग्यता और क्षमता के अनुसार उसे भक्ति का फल मिलता है। भक्त चार तरह के होते हैं। एक, जो इन्द्रिय विषयों की आकांक्षा से भगवान की भक्ति करते हैं, वे अर्थार्थी कहलाते हैं। जिन्हें सांसारिक सुखों से प्रयोजन है और उनकी पूर्ति के लिए वे भगवान की भक्ति करते हैं। एक वे हैं जो अपने किसी सांसारिक दु:ख या विपत्ति में भगवान की भक्ति करते हैं, वे अपने दु:खों से बचने के लिए और वो भी बहुत सांसारिक सुख सुविधाओं के अभाव से उत्पन्न होने वाले दु:ख से बचने के लिए भगवान की भक्ति करते हैं। कुछ ऐसे भी भक्त हैं जो इस जिज्ञासा से भक्ति करते हैं कि सुना है बहुत भक्ति करने से लाभ होता है, चमत्कार हो जाता है, जीवन में अपनी मनचाही चीज प्राप्त हो जाती है। भक्ति करके देखते हैं कि क्या होता है। ऐसी जिज्ञासा से भरकर भी भक्ति की जाती है। ऐसे जिज्ञासु प्रकार के भक्त भी हैं। भगवान की भक्ति वे इसी दृष्टि से करते हैं। चौथे प्रकार से भगवान की भक्ति करने वाले भक्त, वो ज्ञानी हैं।

'जाचूँ नहीं सुर वास पुनि नर राज परिजन साथ जी,
बुध जाचहूँ तव भक्ति भव भव दीजिये शिवनाथ जी।'
'वन्दे तद्गुण लब्धये।'
'पुनाति चित्तं दुरितान् जनेभ्य:।'

ऐसे भावों से भगवान की भक्ति करने वाले ज्ञानी भक्त बहुत ही अल्प हैं। मेरे चित्त में निर्मलता आवे। मुझे आपके जैसे गुणों की सम्पदा प्राप्त हो या कि मुझे वो शाश्वत मोक्ष सुख प्राप्त हो। ऐसी भावना से जो भक्ति की जाती है, वो भक्ति वास्तव में हमारे कल्याण में कारण बनती है। सामान्यत: अधिकांश लोग अपने भौतिक सुख-सुविधा की प्राप्ति के लिए या अपने भौतिक अभावों को दूर करने के

लिए या कि किसी जिज्ञासा से भरकर ही भक्ति करते हैं। वह वास्तविक भक्ति नहीं है, वो तो सिर्फ एक भक्ति की क्रिया है। जहाँ पर भक्ति की क्रिया के साथ भावों की उज्ज्वलता है, वास्तव में भक्ति वो है और ऐसी भक्ति हमारे कल्याण में कारक है। अपने भीतर अपने स्वरूप का दर्शन करना और अपने उस आत्मस्वरूप से एकाकार हो जाना, ये भक्ति के दो सोपान हैं। जिन क्षणों में हम भगवान के दर्शन करते हैं, वे हमारे ही अपने आत्मस्वरूप के दर्शन के क्षण हैं। और जिन क्षणों में हम अपने उस आत्मस्वरूप में या भगवान के गुणगान करने में दत्तचित्त हो जाते हैं, एकाग्र हो जाते हैं, वे क्षण भक्ति के क्षण हैं। दर्शन और भक्ति दोनों, अपने ही आत्मस्वरूप की तरफ देखना और अपने ही आत्मस्वरूप में लीन होना, अगर इस तरह हम भक्ति करते हैं, दर्शन करते हैं तो ऐसी भक्ति ही हमारे कल्याण में कारण बनेगी।

जो भक्ति हम भगवान की कर रहे हैं, स्तुति कर रहे हैं, रोज़ भगवान की पूजा और अभिषेक कर रहे हैं, हमें ये ध्यान रखना चाहिए कि उसके पीछे हमारे भावों को हम टटोलें और यदि उसमें कहीं कोई कमी नज़र आये तो उसे दूर करें और अपनी भक्ति को कल्याण में निमित्त बनाने के लिए ठीक-ठीक ढंग से करें।

कन्हैया लाल प्रभाकर हुए हैं, साहित्यकार थे। उन्होंने अपने जीवन के दो संस्मरण लिखे। अपन उन दोनों संस्मरण से प्रेरणा लेंगे। उन्होंने लिखा कि वे अपने घर से तैयार होकर के कहीं जाने के लिए सीढ़ियाँ उतर रहे थे, उतने में एक मेहमान आये और वो बोले, ''अरे वाह, मैं तो तुम्हें लेने ही आया था। चलो चलते हो क्या? लाल मन्दिर देख आएँ दिल्ली में। मैंने उनको कहा कि अभी तो मैं अपने काम से बाजार जा रहा हूँ, अभी तो मेरे पास समय नहीं है। फिर जब वो बाजार से सामान लेकर के लौटने लगे तो एक मित्र के यहाँ जाकर के उससे मिलने का मन हुआ, तो उनके यहाँ पहुँचे तो देखा कि वहाँ वो लोग सब तैयारी में खड़े थे कहीं जाने के लिए। जैसे ही ये पहुँचे तो बोले, ''प्रभाकर, अच्छे समय पर आये। चलो देख आएँ, लाल मन्दिर देख आएँ।'' हमने उनके हाथ जोड़े कि अभी तो सामान लेके आया हूँ, घर लौटूँगा।

घर लौटते समय उन्होंने लिखा कि एक बात मन में बार-बार कचोटती रही कि अरे क्या लाल मन्दिर, लाल किला, संसद भवन और सिनेमा की तरह देखने की चीज है क्या? लाल मन्दिर जहाँ कि भगवान विराजते हैं, वो संसद भवन, लाल किला और किसी सिनेमा के show की तरह देखने की चीज नहीं है। वह तो कुछ और ही है। और ये तो सब कह रहे हैं कि आओ, लाल मन्दिर देख आएँ। तब फिर बहुत सोच में डूब गये कि दर्शन और देखने में कोई अन्तर है भी या नहीं है, या दोनों एक ही चीजें हैं? जब मन के भीतर ऊहापोह मचा तो बचपन की याद आई कि जब

पाँच सात बरस के थे तब माँ के साथ में नदी के किनारे नहाने गये, तो माँ का तो मन था कि मेरा बेटा नदी में एक दो डुबकी लगाये, आनन्द ले, नहाये लेकिन अपने को तो तैरना आता नहीं था। तो माँ ने कहा कि बेटे, डुबकी लगाकर के नहाओ, उसका आनन्द अलग है तो इनकार कर दिया कि मुझको तैरना भी नहीं आता और डर भी लगता है। तो माँ ने कहा कि ठहरो! वो घाट के ऊपर सीढ़ियों पर बैठ गयी और बेटे से कहा कि मैं हाथ पकड़ लेती हूँ, तुम एक सीढ़ी नीचे उतर कर डुबकी लगाओ, मेरे हाथ पकड़े रहना। मैंने ऐसा ही किया।

प्रभाकरजी लिखते हैं कि मुझे माँ का हाथ पकड़कर पानी में डुबकी लगा के स्नान करने का बहुत आनन्द आया। वो घटना आज उस दर्शन और देखने की उलझन को दूर कर गयी। जैसे कि नदी के घाट पर बैठी हुई माँ का हाथ पकड़कर नदी में डुबकी लगाकर स्नान करने का आनन्द लिया, ऐसे ही भगवान के मन्दिर में जाकर मूर्ति का हाथ पकड़कर उसमें बैठे हुए मूर्तिमान के भीतर डुबकी लगाने का आनन्द लेना ही दर्शन है, बाकी तो दो आखों से जो देखा जाए, वो देखना है। हमारे भीतर, इस देह में, जो चेतना की धारा बह रही है, इस देह से हटकर के जब हम उस चेतना की धारा में डुबकी लगाते हैं, वो दर्शन है। और जब इस देह को ही देखते रह जाते हैं तो वह देखना कहलाता है।

ऐसा ही भक्ति में है। जहाँ हमारा मन श्रद्धा और भावना से भरा है वहाँ भगवान के स्वरूप का हम दर्शन करते हैं और उनके गुणों में जो हम डूबते चले जाते हैं, जो हम एकाग्र होकर तल्लीन होते चले जाते हैं, वो है भक्ति। ऐसी भक्ति हमारे जीवन का उत्थान करने में कारण बनती है, ऊपर उठाने में कारण बनती है और जैसे ही भगवान के स्वरूप का दर्शन होता है तब क्या स्थिति बनती है, तो बैठें वादिराज महाराज के चरणों में।

आनन्दाश्रु-स्नपित-वदनं गद्‌गदं चाभिजल्पन्।
यश्चायेत त्वयि दृढ़मनाः स्तोत्रमन्त्रैर्भवन्तम्।।
तस्याभ्यस्तादपि च सुचिरं देह-वल्मीक-मध्यान्।
निष्कास्यन्ते विविध-विषम-व्याधयः काद्रवेयाः।।3।।

प्रागेवेह त्रिदिव-भवनादेष्यता-भव्य-पुण्यात्।
पृथ्वी-चक्रं कनकमयतां देव! निन्ये त्वयेदम्।।
ध्यान-द्वारं मम रुचिकरं स्वांत-गेहं प्रविष्टः।
तत्किं चित्रं जिन! वपुरिदं यत्सुवर्णीकरोषि।।4।।

जब उनके चरणों में बैठते हैं, तब वे भक्ति करते हुए दिखाई पड़ रहे हैं, उनकी भक्ति से हम अपने भक्ति करने के ढंग को परिष्कृत करें, सुधार लें। क्या कह रहे हैं

वादिराज महाराज भगवान की भक्ति करते हुए कि जैसे-जैसे आपके स्वरूप का दर्शन करता हूँ, आनन्द आ जाता है। क्यों? मेरा भी स्वरूप ऐसा ही है, ऐसा विचार मन में होता है तो अत्यन्त आनन्द होता है। लेकिन अगले क्षण अपनी विकारी अवस्था को देखकर के दुःख भी होता है तो आँसू आ जाते हैं। 'आनन्दाश्रु', एक तरफ आनन्द भी है कि चलो अच्छा हुआ कि भगवान के दर्शन से मुझे अपने उस स्वरूप का दर्शन हो गया जो कि मेरे अन्दर स्वयं है, जिसे मैं प्राप्त कर सकता हूँ, जो मेरा अपना निजी है। लेकिन अगले क्षण अपने उस निजी स्वभाव से विपरीत मेरा जो विकारी परिणमन है उसे देखकर के मन दुःखी होता है, आँसू आने लगते हैं। ऐसे उस आनन्द और दुःख से मिश्रित अवस्था में जो आँसू बह रहे हैं, 'स्नपित वदनं', जिससे कि सारा मुख भीग गया है। और 'गद्‌गदं चाभिजल्पन', मन में आ रहा है कि कुछ आपके गुणगान कर लूँ। जैसे कोई अपना मिल जावे तो अपना दुःख कहने का मन होता है, और जैसे कोई अपना मिल जावे तो अब हम बहुत सामर्थ्यवान हैं, ऐसा हर्ष भी होता है। देखो, ऐसी ही स्थिति भगवान के सामने जाकर के भक्ति करने वाले की हुई है। सो गद्‌गद होकर के कुछ शब्द निकल रहे हैं,

''अभिजल्पन्यश्चायेतत्वयि दृढ़मनाः स्तोत्रमन्त्रैर्भवन्तम्।''

तब उसके वो जो शब्द हैं, स्तुति है, वो मन्त्र की तरह परिणमित हो रही है। स्तुति के शब्द भी मन्त्र बन गये हैं। और इतना ही नहीं, भगवान के गुणों में एकाग्रता भी हो गयी है। ये सारी स्थिति निर्मित होने पर—

''तस्याभ्यस्तादपि च सुचिरं देहवल्मीकमध्यान्।
निष्कास्यन्ते विविधविषमव्याधयः काद्रवेयाः॥''

वो जो असाता के उदय में जीवन में कष्ट आये हैं, देह में पीड़ा है, देह में रोग जनित विकार उत्पन्न हुए हैं, मानो वे सर्प के समान हैं। वे सब इस देह को छोड़कर के अगर बाहर निकलने लगें तो इसमें कोई आश्चर्य नहीं है।

वादिराज महाराज के जीवन में ऐसी घटना घटी थी कि तपस्या के फलस्वरूप भी और उनके कर्मों की उदीरणा होने से, तपस्या करने वाले के असाता कर्म जो बाद में उदय में आने वाले हैं, वे समय से पहले उदय में आकर के अपना फल देकर के खिरने लगते हैं, उदीरणा होती है। उसके फलस्वरूप उनके असाता की उदीरणा से उनकी देह कुष्ठ रोग से ग्रसित हो गयी थी।

राजा के दरबार में ये बात आई तो किसी ने कहा कि जैनों के साधुजन तो कुष्ठ रोगी होते हैं। उनकी देह तो अत्यन्त मलिन और घृणित होती है। वहीं पर जिनेन्द्र भगवान के भक्त सेठ खड़े हुए थे। उन्होंने कहा, ''नहीं राजन, अत्यन्त निर्मल देह को, सुन्दर देह को धारण करने वाले होते हैं मुनि महाराज।'' राजा ने कहा कि, ''हम दर्शन करना चाहते हैं। दर्शन करने से दोनों बातें स्पष्ट हो जाएँगी।

कौन सही है ये मालूम पड़ जाएगा। और मेरे कल्याण में भी वे निमित्त बनते हैं या नहीं ये भी मालूम पड़ जाएगा।'' तब सेठ ने जाकर के वादिराज महाराज से कहा, ''भगवन! मैं तो वहाँ राजदरबार में ऐसा कह कर आया हूँ पर आपके तो असाता के उदय में सचमुच आपकी देह रोग से ग्रसित हो गयी है। अब मेरी लाज आपको रखनी है, मेरा वचन झूठा न हो जाए।'' तब वादिराज महाराज ने इतना ही कहा, ''जिनेन्द्र भगवान के शासन की जिसमें प्रभावना होगी वो करुँगा। बस ऐसा करुँगा जिससे कि जिनेन्द्र भगवान के शासन की प्रभावना हो।'' और फिर उन्होंने इस स्तोत्र को भगवान के सामने उनकी स्तुति करते समय लिखा था जिसमें स्पष्ट ही झलक रहा है कि अगर हमारा मन भगवान की भक्ति में एकाग्र चित्त है और हम गद्‌गद कंठ से भगवान की स्तुति का पाठ कर रहे हैं, और एक तरफ अपने उस स्वरूप का विचार करके आनन्दित हैं लेकिन अपनी विकारी अवस्था देखकर के आँसू भी बह रहे हैं, ऐसी स्थिति निर्मित होने पर भीतर पड़े हुए असाता कर्म जिसके कारण रोग शोक व्याधि इत्यादि होती है, वे सब सर्प के समान हैं तो जैसे सर्प बांबी छोड़कर के बाहर चला जाता है ऐसे ही वे देह छोड़कर के बाहर चले जाएँगे। हमारा जीवन स्वस्थ और प्रसन्न हुए बिना नहीं रहेगा।

कोई मन्त्रवादी ऐसे ही बांबी में से सर्प को निकालता है, एकाग्र चित्त होकर के और गद्‌गद कंठ से मन्त्र का जब उच्चारण करता है, तब बांबी में से सर्प जैसे बाहर निकलकर भाग जाता है, ऐसे ही आनन्द के आँसुओं से धोया है मुख, स्तुति ही हो गयी है मन्त्र और मेरा चित्त भगवान के गुणों में लीन हो गया है। ये अवस्था अगर उत्पन्न हुई है तो फिर इस देह रूपी बांबी में बैठे हुए रोग रूपी सर्प अपने आप अगर निकल के भाग जाएँ तो इसमें कोई आश्चर्य नहीं है। इतने आत्मविश्वास और इतनी दृढ़ता से भरकर के वादिराज महाराज भक्ति करते हैं। याचना नहीं करते हैं कि मेरी देह सोने की हो जाए। वो तो होगी ही। मेरे असाता की वजह से ऐसा हुआ है तो जब मेरे असाता की उदीरणा हट जाएगी, मेरे असाता कर्मों का क्षय होगा तो अपने आप यह अवस्था प्राप्त होगी। मैंने तो सुना है, ''प्रागेवेह त्रिदिवभवनादेष्यता भव्यपुण्यात्'', भव्य जीवों के पुण्य से स्वर्ग से आकर के जब आप अपना जन्म लेने वाले थे, उसके पहले ही देवों के द्वारा पन्द्रह महीने पहले से रत्नों की वृष्टि की गयी थी और सारी भूमि, ''पृथ्वीचक्रं कनकमयताम् देव! निन्ये त्वयेदं'', आपके आने से पहले सारी भूमि स्वर्णमयी हो गयी थी।

ध्यानद्वारम् मम रुचिकरं स्वांतगेहं प्रविष्टः।
तत्किं चित्रं जिन! वपुरिदं यत्सुवर्णीकरोषि॥

अब मैंने तो आपको अपने ध्यान में, अपने हृदय में बिठा लिया है। आपका तो इस पृथ्वी पर जब ही पदार्पण नहीं हुआ था, तब भी पृथ्वी सोने की हो गयी और

आपका मेरे हृदय में पदार्पण हो और मेरा शरीर सोने का न हो ऐसा हो सकता है क्या? मैं ये नहीं कहता कि मेरी देह स्वर्ण के समान हो जाए। मैं तो सिर्फ अपने ध्यान के माध्यम से आपको अपने हृदय में बिठा रहा हूँ। मेरा फर्ज़ मैं पूरा कर रहा हूँ, आपकी आप जानो। बताइए, भक्ति करने का ढंग देखिएगा, भक्ति करने का भाव देखिएगा! वादिराज महाराज हमें ऐसी भक्ति करने के लिए प्रेरित कर रहे हैं। हमें सिर्फ अपना प्रयत्न करना है, हमें याचना नहीं करनी। भक्ति, पूजा और आराधना, भगवान से किसी वरदान की अपेक्षा से की जाने वाली याचना नहीं है, भक्ति तो अपने उस आत्म स्वरूप का दर्शन और उसकी प्राप्ति के लिए किये जाने वाला बहुत पवित्र अनुष्ठान है। जिसमें हमारा प्रयत्न ही महत्वपूर्ण है, जिसमें कि हमारा भगवान के प्रति समर्पण ही महत्वपूर्ण है। समर्पण हो और प्रयत्न न हो तब भी अधूरा ही है। भगवान के प्रति हमारी श्रद्धावश हम भक्ति करते हैं लेकिन अगर उस भक्ति के साथ-साथ हम चेतना को निर्मल बनाने का प्रयत्न नहीं करते हैं तो वो भक्ति अधूरी होगी। हम सोचें कि भगवान हम पर कृपा करेंगे तो कृपा तो उन्हीं पर होती है जो कि प्रयत्न करते हैं। हाँ, ये सहसा समझ में नहीं आएगा, शान्ति से बैठकर कभी इस बात पर विचार करियेगा। कितने लोग तो हैं जो भगवान की भक्ति करते हैं और भगवान की कृपा सब पर है समान भाव से। वे तो वीतराग हैं, सर्वज्ञ हैं, हितोपदेशी हैं, सब पर समान भाव रखने वाले हैं, तो किसी पर कम कृपा और किसी पर ज्यादा कृपा क्यों करेंगे? नहीं, जिसका प्रयत्न, जिसका own effort जितना कम ज्यादा होगा, उसे उतना उस भक्ति से फल मिलेगा। प्रयत्न महत्वपूर्ण है, कृपा अपनी जगह है, वो समान रूप से है। श्रद्धा सबकी है लेकिन जिसका जितना प्रयत्न है, जिसकी जितनी भावों की निर्मलता है, प्रयत्न के मायने भावों की निर्मलता, जितनी उज्ज्वलता भक्ति के समय, जितनी एकाग्रता और तल्लीनता है, भक्ति उतना ज्यादा हमारे जीवन को पवित्र बनाएगी, हमारे जीवन को अच्छा बनाएगी।

एक बहुत छोटी-सी घटना है, मैं आपसे वो कहूँ। क्या हुआ कि एक गाँव में बाढ़ आ गयी। तो बाढ़ आई और पानी भरने लगा। सब लोगों को announce कर दिया गया कि भाई अपना-अपना सामान सम्भाल लो। अब बाढ़ का क्या भरोसा, पानी तो बहुत तेज़ी से आता है। तो एक फीट पानी भर गया, और बढ़ने लगा तो घर के भीतर घुस गया, तो ground floor में पानी भर गया। अब वो जो भगवान की भक्ति करने वाला श्रद्धालु था, उसने कहा कि अपने को तो कुछ करना नहीं है, अपनी तो भगवान के प्रति बहुत श्रद्धा है, वे ही सब करेंगे। हाँ, ऐसे अन्धे लोग अपने में भी हैं। जैसे अपने काम करने के लिए भगवान वहाँ फुर्सत से बैठे हैं। ऐसे लगने लगता है कि क्या इसके लिए हैं भगवान? भगवान इसीलिए बने हैं कि सबके काम ही निपटाते रहें। तो वो ground floor से थोड़ा-सा सीढ़ियाँ चढ़कर के और

ऊपर बैठ गया कि नीचे तो पानी भरने लगा है और मन ही मन कह रहा है कि बस जब भगवान की कृपा होगी तो सब ठीक हो जाएगा। उतने में जो है और announcement हुआ कि भाई, थोड़ी दूर पर, जहाँ अभी पानी नहीं आया है, आप इस एक-एक, दो-दो फीट पानी में से निकल करके, और गाड़ियाँ लगा दी गयी हैं, आप चाहें तो उन गाड़ियों से जा सकते हैं। ''नहीं नहीं, मैं क्यों बैठूँ, मेरा तो भगवान है, मेरी तो भगवान के ऊपर बहुत श्रद्धा है। मैं काहे को जीप में बैठूँगा, गाड़ी में बैठूँगा, निकलने का प्रयास मैं क्यों करूँ? भगवान मुझे निकाल लेगा।''

फिर कुछ नहीं। जिनको जाना वो चले गये और ये जनाब अपने बैठे हुए हैं। अब पानी तो पहली ही floor को डुबा करके और ऊँचा उठ गया। अब वहाँ से सूचना आई कि भाई जो लोग अभी फँसे रह गये हैं, उनके लिए नावें लगा दी गयी हैं, वे नाव में बैठ करके चाहें तो निकल सकते हैं पानी से लेकिन ये जनाब तो तैयार ही नहीं। प्रयत्न मैं क्यों करूँ? मेरी श्रद्धा है भगवान के ऊपर, वो मुझे बचाएँगे। अब वो भी मंजिल डूब गयी। ये छत पर बैठे हुए हैं। छत पर देखते क्या हैं, जहाज, हेलीकॉप्टर, चारों तरफ मँडरा रहे हैं। आवाज़ भी आ रही है, announce भी हो रहा है कि जो लोग फँस गये हैं, वो हेलीकॉप्टर की मदद से बाहर निकल सकते हैं। हेलीकॉप्टर इसीलिए आया है। रस्सी भी इनकी छत के ऊपर लटका दी गयी लेकिन ये जनाब भगवान की भक्ति में ही, मेरी तो श्रद्धा है, पर, मैं प्रयत्न नहीं करूँगा। और जनाब डूबने लगे तो उलाहना दिया कि इतनी पूजा पाठ करी, इतनी आपकी भक्ति करी और मेरी ये दुर्गति। तब फिर आवाज़ आती है कि, ''मेरे से जितना प्रयत्न बना, मैंने किया। गाड़ी भेजी, तुम तैयार नहीं थे। नाव लगवायी, फिर भी नहीं बैठे, हेलीकॉप्टर भेजा। इतना प्रयत्न तो तुम्हें भी करना पड़ेगा। तुम्हारी श्रद्धा प्रयत्न बिना व्यर्थ है।'' हम सिर्फ ये सोचें कि सिर्फ हमारी श्रद्धा से सारा कार्य होगा। नहीं, हमारी श्रद्धा के अनुरूप हमें आचरण भी करना पड़ेगा, हमें उसके अनुरूप अपनी भाव दशा भी बनानी पड़ेगी भाई। तब जाकर के हमारी वो भक्ति हमारे जीवन को ऊँचा उठा सकेगी। हम भावना भाएँ कि हमारी श्रद्धा और प्रयत्न दोनों एक साथ मिलकर हमारे जीवन को अच्छा बनाने में कारण बनें। बोलिए आचार्य गुरुवर विद्यासागरजी महाराज की जय।

अध्याय : चार

हम सभी लोग भगवान की भक्ति से अपने जीवन को अच्छा बनाने की प्रक्रिया पर विचार कर रहे हैं। भक्ति किस तरह से की जाये कि हमारा चित्त निर्मल हो, हमारी चेतना परिष्कृत हो और हमारा जीवन अच्छा बने, इसके लिये हम वादिराज महाराज के एकीभाव स्तोत्र का आलम्बन ले रहे हैं क्योंकि वादिराज महाराज ने जितनी श्रद्धा और आत्मविश्वास के साथ भक्ति की है, वैसा कोई विरला ही भक्ति करता है। हमें भी भक्ति के समय अत्यन्त श्रद्धा और आत्मविश्वास रखना चाहिए। 'मन शान्त भयो मिटि सकल द्वन्द्व, चाख्यो स्वातमरस दुख निकन्द, तुम दर्शन पाय भयो खुशाल'। भगवान की भक्ति से पहले हम भगवान के स्वरूप का दर्शन करते हैं। तब हमारे मन में यह भाव उत्पन्न होना चाहिए कि आपके दर्शन करने से मेरा मन अत्यन्त प्रसन्न हो गया है। मन की प्रसन्नता के मायने हैं मन का स्वच्छ हो जाना। मन का स्वच्छ होना यानि कि उसमें से विषय कषायों का निष्कासन हो जाना। मन हमारा भगवान के दर्शन से तभी खुश होता है जब हमारी कषाएँ मन्द होती हैं। जब हमारी कषायों के मन्द होने से हमारी विशुद्धि बढ़ती है तब हमारा मन अत्यन्त प्रसन्न हो जाता है। भगवान के दर्शन की सबसे बड़ी उपलब्धि यही है और उसके बाद जैसे-जैसे हम भगवान के स्वरूप का चिन्तवन करते हैं, उनके गुणों का स्मरण और कीर्तन करते हैं, तब हमारा मन शान्त होता चला जाता है। जैसे-जैसे दर्शन से हमें प्रसन्नता हुई, मन में शान्ति भी आती है। कौन हमारे मन को अशान्त करता है? हमारी विषय कषायों की आकांक्षा। और दर्शन करने से अगर विषय-कषायों में मन्दता आ गयी तो अपने आप चित शान्त होने लगता है। 'मिटे सकल द्वन्द्व' मन में कषायों के चलते ही द्वन्द्व था। राग द्वेष का द्वन्द्व था, वो भी शान्त हो गया।

भक्ति के लिए इतनी भूमिका तो आवश्यक ही है। भगवान के स्वरूप का दर्शन, उससे हमारे चित्त की प्रसन्नता और चित्त का शान्त हो जाना। 'चाख्यो स्वात्मरस दुःख निकन्द' जैसे-जैसे चित्त शान्त हुआ, मन के विकल्प मिटे तब

जाकर के हमारे अन्तरंग में भी, वैसे ही गुण हैं जैसे कि भगवान के अन्दर गुणों का प्रकटीकरण हुआ है, वही वैसी ही हमारे अन्दर भी सामर्थ्य है। उसकी तरफ ध्यान जाते ही 'चाख्यो स्वातमरस दुख निकन्द', समस्त दु:खों के समूह को नष्ट करने वाला वह जो आत्मा का रस है वो तब आना शुरु होता है। भक्ति हमें इतनी गहराई तक और इतनी उँचाई तक ले जाने वाली चीज है। भक्ति बहुत सतही नहीं है। वर्तमान में जो हम भक्ति करते हैं वो बहुत सतही है। हमारे शरीर को और हमारी वाणी को थोड़ा-सा स्पन्दित करती है, लेकिन हमारी चेतना या हमारे मन को वो भक्ति स्पन्दित नहीं करती। जबकि भक्ति वास्तव में तब शुरु होती है जब हमारा चित्त प्रसन्न हो जाये। मन अत्यन्त प्रसन्न हो गया है, शान्त भी हो गया है। उसके द्वन्द मिट गये हैं, और जैसे कि समस्त दु:ख ही नष्ट हो गये हैं और आत्मा का जो आनन्द है वो आना शुरु हो गया है। ये भक्ति की भूमिका है। भक्ति की शुरुआत यहाँ से होती है लेकिन इसके लिए चाहिए बहुत समर्पण का भाव, वो अपन लोगों के अन्दर आ नहीं पाता। अपन चर्चा तो करते हैं, मैं भी रोज आपसे आखिरी में यही कहता हूँ कि हमारा समर्पण का भाव हो। ये समर्पण ऐसे नहीं आता, कहीं से हम इसे अभ्यास करके नहीं पा सकते हैं। यह तो सहज रूप से आता है। वो सहजता भी कैसे आयेगी, जैसे जैसे हम भगवान के स्वरूप का दर्शन करेंगे तब आयेगी। तब उससे हमारे अन्दर के जब द्वन्द्व मिटेंगे, और हमें अपनी आत्मा की तरफ रुचि उत्पन्न होगी, तब जाकर के ये समर्पण की स्थिति अपने आप निर्मित होती है।

अच्छा ये बताओ कि माँ के प्रति बेटे का प्रेम बहुत क्यों होता है, कभी विचार किया? बहुत rare cases होंगे जिसमें कि पिता के प्रति याकि अन्य दादा-दादी या किसी और के प्रति बेटे के मन में उतना प्रेम हो, और वो भी सहज हो। बाकि के प्रति तो कहना पड़ेगा कि ये देखो, अच्छा रखा करो इनके प्रति, ये तुम्हारे मामा जी हैं, ये तुम्हारे चाचाजी हैं, ये दादा हैं, ये ताऊ हैं आदि। ये बताना पड़ेगा। लेकिन माँ के बारे में बताना नहीं पड़ता। ये नहीं कहना पड़ता कि ये तुम्हारी माँ है और तुम्हें इनसे प्यार करना चाहिए, माँ से बहुत प्रेम रखना चाहिए। ऐसा किसी को सीखना नहीं पड़ता। न कोई स्कूल आज तक इसके लिए बनी है, न कोई शिक्षा इसके लिए देने की आवश्यकता है, जैसे कि यह हमारे भीतर बहुत सहज होता है। क्यों? क्योंकि उपकारी है वो। हम तो बचपन में कुछ भी नहीं जानते थे। हम तो हो सकता है कि अपने ही मल में अपनी पूरी देह को लिप्त कर लेते, हम तो अज्ञानी थे। वो जैसे अपने देह को अपने ही मल से लिप्त करने वाले बालक को भी उठाकर निर्मल बनाती है, ऐसे ही हमने अपनी विषय कषायों से अपने चित्त को मलिन कर लिया है। उसके लिये अगर कोई उपकारी है, धुलाने वाला है तो माँ के समान बालक का हित चाहने वाले तो अरहन्त भगवान ही हैं, अत्यन्त परोपकारी हैं। ये भाव मन के

भीतर उत्पन्न होता है तब सहज ही हमारे मन में समर्पण और श्रद्धा का भाव आता है। इस संसार में मेरा इनके अलावा कोई उपकारी नहीं है और एक बार अगर हमारे अन्दर ये भाव आ गया तो हम उनकी सेवा कहें या भक्ति कहें, समर्पण कहें, जो भी कहना चाहें, वो सब हमारे भीतर आना शुरु हो जाएगा।

एक राजा के जन्म दिन पर राजा के मित्र ने राजा साहब को एक सेवक भेंट स्वरूप दिया। पहले दासी-दास भेंट स्वरूप दिये जाते थे और बाजार से खरीदे भी जाते थे, बेचे भी जाते थे, चीजों की तरह। तो राजा को जब वो सेवक भेंट स्वरूप दिया गया, तो चूँकि मित्र ने दिया है तो राजा को थोड़ा-सा लगा कि ये मित्र का दिया हुआ सेवक है। इससे तो मुझे इसके मन की भी पूछ लेना चाहिए कि क्या चाहोगे, कैसा चाहोगे? अब राजा को तो नाम भी नहीं मालूम था सेवक का। तो राजा ने उस सेवक से पूछा कि भाई तुम्हारा नाम क्या है? तो सेवक ने बोला कि हुजूर जिस नाम से आप चाहो उस नाम से पुकार लो, मेरा कोई अलग से नाम तो है नहीं। राजा को बहुत आश्चर्य हुआ। राजा ने कहा कि चलो ठीक है, बहुत विनम्र है ये सेवक। ''अच्छा ये तो बताओ कि तुम क्या चाहोगे सेवा के बदले में?'' उसने कहा कि जो आप दे देंगे। ''तो तुम्हारी अपनी कोई भी इच्छा नहीं है?'' सेवक ने जवाब दिया कि सेवक की क्या इच्छा हो सकती है? सेवक तो इसीलिए सेवक है कि वो मालिक की इच्छा के अनुसार चलता है। ऐसा भाव हमारे भीतर आता है क्या? हमारी अपनी कितनी इच्छाएँ लेकर हम भगवान के सामने जाते हैं, और एक सामान्य सा सेवक ये कह रहा है कि जैसी आपकी इच्छा, जैसा आप चाहेंगे वैसा मैं आपके प्रति समर्पित हूँ, वैसा मैं आपकी सेवा करुँगा। यह उदाहरण पढ़ कर के मुझे लगा कि अपनी श्रद्धा और भक्ति में कहाँ कमी रह जाती है? अपने अन्दर मन में जो इच्छाएँ हैं वो हमारी शान्त नहीं हो पाती इसीलिए हम समर्पित नहीं हो पाते। और हमारे मन में इच्छाएँ हमेशा बनी रहती हैं। अगर हम अपने उपकारी व्यक्ति को वाकई में उपकारी मानें तो उससे इच्छा करने की भी क्या आवश्यकता है, ऐसा विचार मन के भीतर आये। जैसा कि वृक्ष के नीचे पहुँचने पर इच्छा नहीं करनी पड़ती, याचना नहीं करनी पड़ती कि हे वृक्ष मुझे छाया दो, हे वृक्ष मुझे फल दो। आप बैठो तो आकर के नीचे, छाया अपने आप मिलेगी। आप थोड़ी देर बैठो, एक ना एक फल पक कर के नीचे टपक जाएगा। ये हमारे मन में ऐसा उपकार का भाव अगर आता है तो ही हमारी भक्ति सार्थक है।

लोकस्यैकस्त्वमसि भगवन्! निर्निमित्तेन बन्धु-
स्त्वय्येवासौ सकल-विषया शक्ति-रप्रत्यनीका।
भक्तिस्फीतां चिरमधिवसन्मामिकां चित्त-शय्यां,
मय्युत्पन्नं कथमिव ततः क्लेश-यूथं सहेथाः ॥5॥

जन्माटव्यां कथमपि मया देव! दीर्घं भ्रमित्वा
प्राप्तेवेयं तव नय-कथा स्फार-पीयूष-वापी।
तस्या मध्ये हिमकर-हिम-व्यूह-शीते नितान्तं
निर्मग्नं मां न जहति कथं दुःख दावोपतापाः॥ 6॥

वादिराज महाराज भक्ति करते हुए कहते हैं कि ''लोकस्यैकस्त्वमसि भगवन्! निर्निमित्तेन बन्धु'' भगवान, हमने सुना है कि आप सबके समान रूप से बिना स्वार्थ के हित चाहने वाले बन्धु हैं। एक मात्र अरहन्त भगवान हैं जो प्राणी मात्र के कल्याण की भावना से अरहन्त पद, तीर्थंकर पद को प्राप्त करते हैं। सबके कल्याण की भावना उनके अन्दर है यानि सबके कल्याण में वे निमित्त हैं। वे सबके बन्धु हैं, इतना जरूर है कि वे किसी का अपनी तरफ से कल्याण नहीं करते, कोई उन्हें अपने कल्याण में निमित्त बना ले तो बना ले। जो उन्हें अपने कल्याण में निमित्त बनाना चाहेगा तो वो किसी को इन्कार नहीं कर सकते कि आप हमें अपने कल्याण में निमित्त नहीं बना सकते, ये ही उनका तीनों लोकों के बन्धु होने का लक्षण है। जो उनकी शरण में आता है तथा जो उनके प्रति अपनी श्रद्धा व्यक्त करता है वो अपने चित्त को निर्मल करके अपना कल्याण कर सकता है। वे किसी को मना नहीं कर सकते कि आप मेरे निमित्त से अपना कल्याण मत करो। लेकिन वे किसी को यह भी नहीं कहते कि तुम अपना कल्याण कर लो, तुम्हें अपना कल्याण कर ही लेना चाहिए। नहीं, तुम करना चाहो तो कर लो, मुझे निमित्त बनाना चाहो तो बना लो, ऐसे निःस्वार्थ बन्धु हैं, पहली विशेषता यह है। दूसरी, निर्बाध, प्राणी मात्र को, उसके सुख दुःख को, तीनों लोकों के चेतन अचेतन पदार्थों को जानने की केवलज्ञान रूपी सामर्थ्य भी आपके भीतर है भगवान। ये दो चीजें आपकी बहुत महत्वपूर्ण हैं। एक तो ये कि आप निस्वार्थ भाव से सबका भला चाहने वाले हैं। यह मुझे अहसास हो गया है। आपका यह उपकारीपना मुझे मालूम पड़ गया है। जैसे बेटे को मालूम रहता है कि कोई मदद करे या ना करे माँ तो मदद करेगी ही। उसके पास जाकर के याचना करने की भी आवश्यकता नहीं है, बस जाना भर है उसके पास। उससे यह भी नहीं कहना पड़ता है कि तुम मुझे माँ ये दोगी कि नहीं दोगी। उसके सामने तो सीधे जाकर यही कहा जाता है कि ये चाहिए मुझे। और कई बार तो चाहिए यह भी नहीं कहना पड़ता है, सहज रूप से हमें वो चीज प्राप्त हो जाती है। और दूसरी चीज क्या कि आप अब सब कुछ तो जानते हो, मुझे कहने की क्या आवश्यकता है कि मैं आप से कहूँ कि मुझे ये चाहिए या कि ये नहीं चाहिए। मुझे तो सिर्फ इतना करना है, वादिराज महाराज कह रहे हैं, ''भक्तिस्फीतां चिरमधिवसन्मामिकां चित्त-शय्यां'', भक्ति के द्वारा मेरे चित्त में मैंने भक्ति रूपी शय्या बनाई है, अपने मन की शय्या बनाई है जिस पर मैं आपको स्थापित कर चुका हूँ। अब ऐसी स्थिति में आप ही

बताओ भगवान कि मेरे हृदय में आप विराजो और मेरे जीवन में अगर कोई कष्ट आये तो उसे आप सहन कैसे करोगे? और जब आप सहन नहीं करोगे तो कहने का आशय ये है कि वो दुःख अपने आप दूर हो जायेगा। कितना आत्म विश्वास है और कितनी श्रद्धा है!

भक्ति के समय हमारे अन्दर भी ऐसा ही भाव आना चाहिए कि भगवान अत्यन्त उपकारी हैं, मुझे उनसे मेरे ऊपर उपकार करो ये कहने की आवश्यकता नहीं है। और किस तरह उन्हें उपकार करना चाहिए ऐसा उन्हें direction देने की आवश्यकता भी नहीं है कि ऐसा ऐसा मेरे लिए करो, वे तो सब जानते हैं। मुझे सिर्फ इतना करना है कि अपनी भक्ति के माध्यम से उन्हें अपने भीतर बिठा लेना है। तब फिर मेरे अन्दर कोई दुःख रहेगा ही नहीं। अगर दूसरी तरह से विचार करें तो जो व्यक्ति अपने भीतर राग द्वेष से रहित वीतराग अवस्था का अनुभव करता है उस व्यक्ति को कोई दुःख होगा क्या? एक तरह से यदि कथन किया जाए व्यवहार की दृष्टि से तो जिसने अपने भीतर भगवान को बिठा लिया, उसके सब कष्ट दूर हो गये, ये बहुत व्यवहारिक सी दृष्टि है। जबकि भगवान वहाँ से उतरकर के हमारे भीतर आकर बैठने वाले नहीं हैं, लेकिन इसके पीछे भाव क्या छिपा हुआ है, क्या अध्यात्म छिपा हुआ है? हमारे भीतर भगवान का बैठना यानि हमारे भीतर वीतरागता का प्रकट हो जाना और जिसके भीतर वो वीतरागता भक्ति के माध्यम से प्रकट हो गयी है उसके जीवन में दुःख आयेगा क्या? होते हुए भी वो दुःख उसे दुःख नहीं जान पड़ेगा। वो तो कर्म के उदय में होने वाली स्थिति है, मेरी चेतना उस दुःख से प्रभावित नहीं है। कर्म अपना उदय दुःख रूप देवें तो देवें लेकिन मैं तो अपने वीतराग भाव में स्थित हूँ, मैं तो अपने समता भाव में स्थित हूँ, तो वह कर्म दुःख रूप मुझे कैसे बना सकता है। मैं तो अपने आप में, और प्रसन्न ही रहूँगा भगवान की भक्ति करते हुए। इस तरह से भगवान की भक्ति करनी चाहिए, इतने समर्पित भाव से। हम अपनी छोटी-छोटी चीजों को, अपने छोटे-छोटे से दुःखों को ले जाकर के और इतना बढ़ाकर के भगवान के सामने और दूसरों के सामने भी अपने दुःखों को बढ़ा चढ़ा कर कहते हैं। नहीं, संसार में तो दुःख अपने कर्मों से सबको प्राप्त होता है, मैं उस दुःख में समता भाव रख सकूँ, वीतराग भाव रख सकूँ, ये मैंने भगवान की भक्ति से सीखा है। भगवान की भक्ति मुझे इतना ही सिखाती है कि मैं भगवान के गुणों का स्मरण करके उस वीतरागता को अपने भीतर भी धारण कर सकूँ तो ही मेरी भक्ति सार्थक है। और थोड़ा आगे बढ़ के और कह रहे हैं कि भगवान इसे कर्म का उदय कहो, मेरा भाग्य कहो, 'कथमपि', किसी भी तरह से मैंने, 'जन्माटव्यां कथमपि मया देव! दीर्घ भ्रमित्वा', अनादि काल से इस जन्म रूपी अटवी में, इस संसार के जंगल में भ्रमण करते हुए जैसे कोई जंगल में भटक जाए और प्यासा है,

भटकते-भटकते ना रास्ता सूझता है और अब तो कंठगत प्राण हो गये हैं और अचानक उसे जलाशय मिल जाए तो क्या स्थिति बनेगी? 'जन्माटव्यां कथमपि मया देव! दीर्घ भ्रमित्वा। प्राप्तेवेयं तव नय-कथा स्फार-पीयूष-वापी।' एक तरफ तो मैंने अपनी चित्त की शय्या पर आपको विराजमान कर लिया है और वीतरागता का अनुभव कर रहा हूँ, समता भाव का अनुभव कर रहा हूँ। कानों में आपके हृदय में बैठे होने से आवाज आ रही है, आपकी वाणी मुझे सुनाई पड़ रही है। एक तरफ भगवान की उपस्थिति का अहसास, दूसरी तरफ उनकी वीतराग वाणी और वही है वापिका के समान, पीयूष वापी। अब मुझे करना क्या है, मुझे दोनों चीजें मिली हैं, एक तरफ भगवान की वीतरागता का दर्शन, मैं उन्हें अपने भीतर वीतरागता के रूप में प्राप्त कर सकता हूँ और उनकी वाणी को सुन सकता हूँ। और उसके माध्यम से मैं शान्त हो सकता हूँ लेकिन वाणी में अवगाहन करना पड़ेगा जैसे कि अपनी प्यास बुझाने के लिए, अपनी दाह कम करने के लिए किसी भी जलाशय में हम स्नाान करते हैं ठीक इसी तरह से, 'जन्माटव्यां कथमपि मया देव! दीर्घ भ्रमित्वा। प्राप्तेवेयं तव नय-कथा स्फार-पीयूष-वापी। तस्या मध्ये', उसके बीच में क्या है? 'हिमकर-हिम-व्यूह-शीते नितान्तं', अत्यन्त हिम के समान, चन्दन के समान या चन्द्रमा की चाँदनी के समान जिसमें शीतल जल भरा हुआ है। मुझे करना क्या है 'निर्मग्नं माम्' मुझे तो सिर्फ उसमें डूबना है, ये काम मेरा है बाकि सब आप कर दो। हाँ, हम अपना काम करें, बाकि सारी चीजें सहज हो जाएँगी।

भगवान की भक्ति करते समय दो काम हमें करना आवश्यक है। एक तो उन्हें अपने हृदय में हम स्थान दे रहे हैं अर्थात् उनके जैसी वीतरागता को हृदय में धारण कर रहे हैं और साथ में उनकी वाणी का अवगाहन कर रहे हैं, उसमें निमग्न हो गये हैं। दुःख कितना भी आवे, ज्ञान अगर हमारे भीतर है तो उस ज्ञान के द्वारा उस दुःख को हम आसानी से जीत सकते हैं। इसीलिए दोनों चीजों का समन्वय देखियेगा दो पदों में। एक तरफ भगवान की वीतराग मुद्रा का दर्शन और हमारे भीतर उनकी वीतरागता का भाव। और दूसरी तरफ वाणी कानों में पड़ रही है। उसमें हम निमग्न हैं, डूबे हुए हैं, जैसे कि किसी को बहुत पीड़ा हो और उसके मन की बात कोई उससे करने लगे तो क्या होता है, पीड़ा भूल जाते हैं। बताइये, नहीं भूलते हैं? अपन कहते हैं कि भैया थोड़ा बहला लो, रोन लगो है लड़का, बहला लो। कछु में लगा लो कैसे भी। ये क्या चीज है। ऐसे ही हम अपने दुःख से बहल जाते हैं । दुःख तो अपने कर्मों के उदय में सबके हैं, कमती-बढ़ती लेकिन उस दुःख के बीच भी, और वीतराग भगवान की वाणी का रसास्वादन करते समय, वो हमारा दुःख हमें दुःख नहीं जान पड़ता। या तो भगवान की वीतरागता में डूब जाएँ या उनकी वाणी का चित्त से हम अभ्यास करना शुरू कर देवें। इन दोनों स्थितियों में हम दुःख से बच सकते हैं।

असल में भगवान की वीतरागता का स्पर्श और भगवान की वाणी का स्पर्श, ये दोनों ही हमें अपने भीतर महसूस होना चाहिए। जैसे कि बेटे के सिर पर माँ का स्पर्श होने पर वो शान्ति का अनुभव करता है, ऐसे ही वहाँ तो कहीं भगवान बैठे नहीं हैं जो हमारे सिर पर हाथ फेर दें। हमारी पीठ पर हाथ थपथपा दें कि डरो मत। नहीं, हमें उनके स्पर्श का अहसास स्वयं करना पड़ेगा। और अगर वो स्पर्श का अहसास हमें भक्ति के दौरान होता है तो फिर वो हमारी भक्ति हमारे मन को निर्द्वन्द, शान्त और दुःख से मुक्त कर देती है और हमें आत्मा का आनन्द आना शुरु हो जाता है।

कई ऐसी घटनाएँ हैं जिनको हम देखें। हीरापुर में, 1980 में, आचार्य महाराज के साथ हीरापुर से द्रोणगिरी विहार करने का समय आया। उस समय मैं क्षुल्लक अवस्था में था। बना ही बना था मुश्किल से दो ढाई महीने हुए थे। आचार्य महाराज बहुत चिन्ता रखते थे कि चल पायेगा कि नहीं चल पायेगा? कैसे, क्या होगा? पूछ लेते थे विहार से पहले "क्यों, क्षुल्लकजी ठीक है?" तो मुझे क्या कहना है, हाथ जोड़ना रहते थे। हाथ जोड़ लेता था। "तो चलें क्या?" "अरे! मैं कौन होता हूँ, आप मेरे से पूछ रहे हैं।" मुझे ये लगता था। मैं बोलता नहीं था उनसे। अभी भी नहीं बोलता हूँ। जब कभी आप मुझे आचार्यश्री के पास में देखेंगे तो इतना बोलने वाला आदमी वहाँ चुप हो जाएगा, जितना यहाँ बोलता दिखता है सुबह से शाम तक। उनके सामने क्या बोलना? तो ऐसा मेरे से पूछकर के और आचार्यश्री विहार करने के लिए निकल गये। वो सोच रहे थे कि ये आ रहा है पीछे-पीछे मेरे। और मैं दर्शन कर रहा हूँ। उस बीच में मुझे बहुत तेजी से पीड़ा हो गयी पेट में। मैं थोड़ा-सा रुक गया। आचार्यश्री को तो बोल दिया मैंने। और आधा किलोमीटर आगे निकलकर उतनी दूर उन्होंने देखा, "क्यों क्षुल्लक जी कहाँ हैं?" तो मैंने किसी को बोल दिया था कि बोल देना आचार्यश्री को कि वो आगे बढ़ें, मैं बस अभी आता हूँ, थोड़ा-सा तकलीफ होने से बस 5 मिनट rest करके आता हूँ। आप आश्चर्य करेंगे कि उतनी दूर जाने के बाद मैंने कभी पीछे लौटते नहीं देखा आचार्य महाराज को आज तक उसके बाद। लेकिन वापस लौट कर के आये। मैं मन्दिर में ही हूँ, मैं दंग हूँ। "क्या हुआ?" मैंने कहा "थोड़ा पेट में दर्द हो गया था, आपको तो मैंने ये कहा था कि आप आगे निकल जाते, मैं तो आ ही रहा था।" "अच्छा लाओ, लाओ कहाँ दर्द हो रहा है?" आधा दर्द तो खत्म हो गया। उनके सिर्फ पूछने मात्र से आधा दर्द तो जाता रहा और अब बाकी जो रहा-सहा था, वो उनके हाथ के तेल के स्पर्श से। मैं आज भी वो क्षण याद करता हूँ कि वो दर्द कहाँ चला गया! कौन-सी वो औषधि थी! और कोई औषधि नहीं है। वो हमारे भीतर जो वीतरागता का स्पर्श है वो औषधि है। ठीक है हमें हर समय तो ऐसा स्पर्श नहीं मिलेगा लेकिन क्या हम अपनी श्रद्धा से, अपने आत्म विश्वास से उस स्पर्श की अनुभूति हर समय नहीं कर सकते? कम से

कम अपनी विपत्ति और दुःख के समय तो कर सकते हैं, कम से कम जिस समय मेरा मन विकारों की तरफ जा रहा है, मेरा मन संसार के विषय-कषायों की तरफ जा रहा है तब उस स्पर्श का अहसास करें तो वह स्पर्श हमें निर्द्वन्द्व करने में, हमारे मन को निर्मल करने में और शान्त करने में कारण बनेगा।

वादिराज महाराज यही कह रहे हैं कि आज मेरे अन्दर कोई दुःख का कारण बना है। मेरे असाता के उदय में कुष्ठ रोग की व्याधि हुई है। मैंने कभी भी आपसे याचना नहीं की कि मेरा ये रोग ठीक हो जावे। मैं तो सिर्फ आपकी वीतरागता को अपने हृदय में धारण करता हूँ और आपकी वीतराग वाणी मेरे अभ्यास में है इसीलिए मैं अपने दुःख से निवृत्त होने के लिये आपसे याचना नहीं कर रहा, मैं तो सिर्फ इतना ही कह रहा हूँ कि मैं आपकी उस वीतराग वाणी का रसास्वादन करता रहूँ। आपकी वीतरागता का अहसास मुझे होता रहे। तो ये सारे संसार के दुःख फिर मुझे दुःख नहीं मालूम पड़ेंगे।

भक्ति इस तरह से अगर हमारे जीवन में आ जावे तो इस भक्ति के माध्यम से भी हम अपने राग द्वेष भावों को कम करके अपने जीवन को निर्मल बना सकते हैं, इसी भावना के साथ बोलिये आचार्य गुरुवर विद्यासागर जी महाराज की जय।

अध्याय : पाँच

हम सभी लोग भक्ति के माध्यम से अपने जीवन को अच्छा बनाने की प्रक्रिया पर विचार कर रहे हैं। जिन क्षणों में हम भगवान की भक्ति करते हैं, हमारा मन भगवान की भक्ति से पूरी तरह भर जाता है। हमारी चेतना भगवान के गुणगान करने में पूरी तरह से तल्लीन हो जाती है। यह जो हमारा मन भगवान की भक्ति से भर गया और भगवान के गुणों से हमारी चेतना जो तन्मय हो गयी है, उसे ही कहते हैं कि मानो भगवान का स्पर्श हो गया।

वादिराज महाराज भगवान जिनेन्द्र की स्तुति करते हुए कह रहे हैं—

पाद-न्यासादपि च पुनतो यात्रया ते त्रिलोकीं
हेमाभासो भवति सुरभिः श्रीनिवासश्च पद्मः।
सर्वाङ्गेण स्पृशति भगवंस्त्वय्यशेषं मनो मे
श्रेयः किं तत्स्वयमहरहर्यन्न मामभ्युपैति ।।7।।

भगवान, हमने सुना है कि जब आप तीनों लोकों के कल्याण के लिए विहार करते हैं तब उस अवसर पर जहाँ-जहाँ आपके चरण पड़ते हैं, देवों के द्वारा कमलों की रचना कर दी जाती है। आप उन कमलों पर पैर नहीं रखते हैं, उनका स्पर्श नहीं करते हैं फिर भी आपके चरणों के नीचे होने से वे कमल सोने की आभा वाले, सुगन्ध से युक्त और अत्यन्त शोभा को प्राप्त हो जाते हैं। मात्र आपके चरण का सान्निध्य पाकर के 'सर्वांगेण स्पृशति भगवं स्त्वय्यशेषं मनो मे', भक्ति से भरा हुआ, आपके गुणों में तल्लीन हुआ मेरा मन, इन भक्ति के क्षणों में आपको पूरी तरह से स्पर्श कर रहा है। याकि आप मेरे मन को पूरी तरह से स्पर्श करे हुए हैं। ऐसी स्थिति में भक्ति करने वाले के द्वारा संसार का कौन-सा उपकार नहीं होगा? 'श्रेयः किं तत्स्वयमहरहर्यन्न मामभ्युपैति', दिन-रात उसके द्वारा प्राणी मात्र का कल्याण ही होगा। स्वयं का कल्याण करने में भक्ति कारण बनती ही है। वह भक्ति प्राणी मात्र के कल्याण करने में भी कारण बनती है। हमारे जीवन में अगर वास्तव में ये भक्ति

उत्पन्न हो जाए, भक्ति का भाव उत्पन्न हो जाये तो हमारे जीवन से भी हमारा स्वयं का और प्राणी मात्र का कल्याण होगा। सबसे श्रेष्ठ जीवन वही है; सबसे अच्छा जीवन वही है जिससे कि स्वयं का और प्राणी मात्र का कल्याण होता है। वो एक ही जीवन है, तीर्थंकर का जीवन।

हम जब भी यह कहते हैं कि हम अपने जीवन को अच्छा बनाना चाहते हैं तो हमारी सोच यही है कि हमारा जीवन इस तरह का बने जिससे अपने आत्मकल्याण के साथ-साथ प्राणी मात्र का कल्याण हो। वही जीवन श्रेष्ठ जीवन है। वादिराज महाराज अपने रोग से बचने के लिए कोई याचना या प्रार्थना या भक्ति नहीं कर रहे हैं। वो कह रहे हैं कि अगर मेरे हृदय में आपके प्रति भक्ति है तो आपका स्पर्श पाकर के मेरे द्वारा मेरा ही नहीं, सबका कल्याण होगा। मुझे अपना रोग दूर करना होता तो मैं अभी तक कर चुका होता। वो तो आज सेठजी ने आकर के ये कहा है कि अब धर्म की प्रभावना की बात आ गयी है, सेठजी के वचन की बात आ गयी है। तो मैं खुद के उपकार करने की भावना से आपकी स्तुति कर रहा हूँ, और मुझे यह विश्वास है कि अगर मेरा मन आपकी स्तुति से भरा हुआ है, आपकी उपस्थिति मेरे हृदय में अगर है तो मेरे द्वारा किसी का भी कल्याण होने में देर नहीं लगेगी और सबसे बड़ी चीज यह है कि उस कल्याण का श्रेय मैं नहीं लूँगा। भक्ति करने वाला दूसरे के कल्याण में निमित्त बनता है लेकिन उसका श्रेय स्वयं नहीं लेता। वो कहता है कि आप चूँकि भक्ति के माध्यम से मेरा स्पर्श कर रहे हैं, मेरे मन में, मेरी भावनाओं में समाए हुए हैं इसीलिए मेरे द्वारा अगर कल्याण हुआ है तो उसमें निमित्त बस हूँ मैं। वादिराज महाराज भी ऐसी ही भक्ति करने की प्रेरणा हमें दे रहे हैं जहाँ हम अपने आत्म कल्याण के साथ-साथ दूसरे के कल्याण में भी निमित्त बनते हैं।

आयुर्वेद शास्त्र पढ़ने वाले का जब अध्ययन पूरा हुआ तो गुरुजी ने सोचा कि उनकी परीक्षा ले लेनी चाहिए। आजकल के परीक्षा लेने के ढंग अलग हैं। पहले जो गुरुकुल की पद्धति थी उसमें परीक्षा लेने के ढंग अलग होते थे। गुरुजी ने दोनों को दो तरह की औषधि तैयार करने के लिए निर्देश दिया। एक से कहा कि अत्यन्त विषम ज्वर को दूर करने की औषधि तैयार करे और दूसरे से कहा कि जो घाव बिगड़ गया है उस घाव को भी ठीक करने में सहायक मरहम बनाओ। दोनों ने, एक ने ज्वर की औषधि निर्मित की, दूसरे ने घाव ठीक करने वाली मरहम बनाई। दोनों को कहा कि अपनी-अपनी औषधि लेकर के मेरे पास उपस्थित होना। दोनों ने अपने घर में औषधि का निर्माण करके और जब गुरुजी के पास जाने की तैयारी करी तो रास्ते से गुजरते वक्त, रास्ते के किनारे एक बहुत ज्वर से पीड़ित, थर-थर काँपता हुआ व्यक्ति दिखाई पड़ा। जिसके पास ज्वर की औषधि थी, उसने सोचा कि इतने ज्वर से पीड़ित है, मेरा कर्त्तव्य ये है कि मैं भले ही अपनी परीक्षा में पास होऊँ या न

होऊँ पर मैंने यदि ज्ञान प्राप्त किया है आयुर्वेद का तो 'निर्निमित्तेन बन्धु', तो बिना बुलाये हुए आकस्मिक विशद की तरह, वास्तव में वैद्य वही है जो बिना बुलाए हुए रोगी के पास पहुँच जाता है। सबसे बड़े वैद्य अगर हैं तो भगवान हैं। 'महामोहान्तक प्रशमनपराकस्मिकभिषग', इस संसार में महामोह रूपी रोग को शान्त करने में, अकस्मात्, बिना बुलाए पधारे हुए विशद, Pharmacist, वैद्य की तरह बिना किसी स्वार्थ के उपस्थित होने वाले, उपस्थित रहने वाले हे भगवान महावीर! भक्ति करते समय, ऐसा भाव मन के अन्दर अपने आना चाहिए तो वास्तव में हमारी भक्ति दूसरे के लिए भी कल्याण में कारण बनेगी, हमारा ज्ञान दूसरे के लिए कल्याण में कारण बनेगा। उसने फ़ौरन वो पूरी औषधि उसे पिला दी। उसका ज्वर शान्त हो गया लेकिन औषधि समाप्त हो जाने से खाली हाथ आना पड़ा। गुरुजी को सारी बात बताई।

दूसरा वाला दो तीन मिनिट के अन्तर से वो भी उपस्थित हो गया और उसने अपनी मरहम गुरुजी को दी। हालांकि उसे भी रास्ते में एक बहुत घाव से पीड़ित व्यक्ति मिला था लेकिन उसने उसे मरहम नहीं लगाई। उसकी मरहम खत्म हो जाती, फिर गुरुजी से परीक्षा में, जब वो कहेंगे कि मरहम कहाँ बनाई, तुमने कैसे बनाई तो क्या बताऊँगा, तो उसने नहीं लगाई उसको मरहम और पूरी मरहम ज्यों की त्यों लेकर के आ गया। मैं बच्चों की तरह अगर आपसे पूछूँ तो आप यही जवाब देंगे कि गुरुजी ने दूसरे वाले को पास कर दिया होगा। ऐसा? नहीं, नहीं किया होगा। पहले वाले को पास कर दिया होगा, दूसरे वाले को कहा होगा कि ठीक नहीं है। और कोई अगर अपन से ऐसा करने के लिए कहे तो क्या अपन पास होने वाला काम करेंगे या फेल होने वाला? आप विचार कर लेना, जल्दी नहीं बोलना। हमने आज तक अगर परीक्षा दी है तो उसमें पास होने वाला काम किया है? फिर हमारी भक्ति का क्या औचित्य है? हमने कितनी तो भगवान की पूजा और भक्ति करी है उस भक्ति से हमने अपने और पर के कल्याण के लिए दिनभर में क्या एक भी कार्य किया है याकि सिर्फ अपने सुख-सुविधा और भोग विलास की सामग्री ही जुटाई है। विचार करना चाहिए। अगर सर्वांग में भक्ति का भाव हमारे आया है तो हमारे जीवन को परिवर्तित किये बिना नहीं रहेगा। हमारी भावनाओं को विशुद्ध किये बिना नहीं रहेगा। हमारे कर्म को व्यवस्थित किये बिना नहीं रहेगा। हमें अपने भाव और कर्म को व्यवस्थित करने के लिए ऐसी ही भक्ति करना चाहिये।

और वादिराज महाराज कह रहे हैं कि—

पश्यन्तं त्वद्वचनममृतं भक्ति-पात्र्यापिबन्तं,
कर्मारण्यात् पुरुष-मसमानन्द-धाम-प्रविष्टम्।

त्वां दुर्वार-स्मर-मद-हरं त्वत्प्रसादैक-भूमिं,
क्रूराकाराः कथमिव रुजा कण्टका निर्लुठन्ति ।।8 ।।

तीन विशेषताओं से युक्त आपके स्वरूप का दर्शन कर रहे हैं। भक्ति की अपनी तीन विशेषताएँ हैं। भक्ति में हम भगवान के स्वरूप का दर्शन करते हैं। भगवान के स्वरूप से मिलने वाले वचनामृत का पान करते हैं उसी के साथ-साथ। और इतना ही नहीं "कर्मारण्यात् पुरुष-मसमानन्द-धाम-प्रविष्टम्"। जो कर्म रूपी वन को पार करके आनन्द के धाम रूपी मोक्ष में पहुँच गये हैं, मैं उन्हीं के बताए हुए मार्ग पर चल करके मोक्ष पहुँचूँ, ऐसी भावना से हम जब युक्त हो जाते हैं तब वो भक्ति पूरी होती है। वही बात आचार्य भगवान वादिराज महाराज कह रहे हैं कि "पश्यन्तं त्वद्वचनममृतं भक्ति-पात्र्यापिबन्तम्", हम देख रहे हैं आपका वीतराग स्वरूप, हो रहे हैं आपके वीतराग स्वरूप के दर्शन, जब मैं भक्ति कर रहा हूँ भगवान। इस समय मुझे अपनी कुष्ठ से युक्त देह नहीं दिखाई पड़ रही। इन क्षणों में तो मुझे भगवान की वो वीतराग छवि दिखाई पड़ रही है, क्योंकि मैं अगर अपनी देह या दूसरे की देह की तरफ देखता हूँ तो संसार ही बढ़ता है। मैं देख रहा हूँ आपके स्वरूप को। बाहर की मूर्ति को नहीं देख रहा हूँ कि सोने की है या कि पीतल की है या पाषाण की है, कौन से रंग की है, कितनी कीमत की है, कितने अवगाहना वाली है। ये सब चीजें मेरे लिये, भक्ति के इन क्षणों में नहीं दिखाई पड़ रही हैं, मुझे दिख रहा है तो एक मात्र आपका वीतराग स्वरूप। "भक्ति-पात्र्यापिबन्तम्", भक्ति रूपी प्याली में भरकर के और आपके स्वरूप से जो मुझे निरन्तर सन्देश मिल रहा है, आपके वचनामृत मिल रहे हैं उनका मैं भक्ति के माध्यम से पान कर रहा हूँ। भक्ति की प्याली में भरकर के आपके वचनामृत का पान कर रहा हूँ। बहुत लोग भगवान के वचनामृत का पान करते हैं लेकिन भक्ति भाव की प्याली में भरकर के वचनामृत का पान करना तब जाकर के वो वचन हमारे जीवन को परिवर्तित करेंगे। और एक चीज और मैं देख रहा हूँ भगवान कि आप कर्म रूपी जंगल को पार करके आनन्द के धाम अर्थात् मोक्ष को प्राप्त को हो गये अर्थात् अपनी कर्मों से रहित अवस्था को प्राप्त हो गये वो चीज भी मुझे बहुत impress कर रही है। मैं भी दिनभर में ऐसे कर्म करुँ ताकि मैं कर्मों से मुक्त हो जाऊँ। पूरी हो गयी भक्ति! अपनी भक्ति में ऐसी पूर्णता, ऐसी सुन्दरता नहीं आ पाती है। हम भी वादिराज महाराज के समान भक्ति का स्वरूप समझ करके ऐसी भक्ति करें कि भगवान के वीतराग स्वरूप का दर्शन, उनके वीतराग स्वरूप के दर्शन से मिलने वाला उपदेश, भक्ति के माध्यम से हम उसका पान करें। हमने एक दिन जिक्र किया था नीरस ज्ञान का, तो किसी ने आकर के पूछा था कि नीरस ज्ञान का मतलब क्या है? तो दो ही चीजे हैं, श्रद्धा विहीन ज्ञान, और आचरण विहीन ज्ञान नीरस ज्ञान है।

श्रद्धा विहीन यानि भक्ति भाव से रहित ज्ञान। जिसमें भगवान के प्रति श्रद्धा ही नहीं है, ऐसा तो बहुत लोगों के पास ज्ञान है, जिनका जिनेन्द्र भगवान के प्रति श्रद्धान ही नहीं है, ज्ञान अपार है। वह सब ज्ञान समीचीन ज्ञान नहीं कहलाता इसीलिए वह नीरस ज्ञान है, संसार बढ़ाने वाला है उसमें कोई सरसता नहीं है। और जो श्रद्धा से भरकर भगवान के वचन रूपी अमृत का पान कर रहे हैं, और इतना ही नहीं साथ ही यह भावना भी मन के भीतर है कि मैं भी अपने कर्मों को हटाकर के उस मुक्तिधाम में जहाँ भगवान पहुँचे हैं, वहाँ पहुँचूँ। साथ में यह भावना कि इसके लिये आप ही एक मात्र सहारे हैं ''अन्यथा शरणं नास्ति त्वमेव शरणं मम''। इतना तो भगवान जिनेन्द्र के दर्शन उनके वचनामृत से और भावना से हो गया लेकिन अपने को छोड़ना भी तो पड़ेगा। सब तरफ से अशरण होकर के किसी के चरणों में मैं हूँ और वही मेरे लिए एक मात्र शरण हैं, ऐसा भाव तो लाना पड़ेगा। जग में हमें भगवान की ही शरण है, उनका ही सहारा है, उनका ही साथ है, और विषय कषायों से विरक्ति है तो ही भक्ति के माध्यम से अपना और दूसरों का जीवन अच्छा बन पायेगा।

इन दोनों पर दो छोटी-छोटी-सी घटनाएँ जिनके माध्यम से अपन समझें। कितना महत्त्व है इस चीज का कि हम किसके चरणों में अपने को डाल पाते हैं या किसको अपने साथ रखते हैं। कौन हमारे दृष्टि-पथ में निरन्तर बना रहता है। हमारे दृष्टि पथ में तो संसार की विषय वासना बनी रहती है। भगवान तो ''त्वां दुर्वार-स्मर-मद-हरम्'' उस कामवासना रूपी मद को पार कर चुके हैं आप। तब हमारे दृष्टि-पथ में अगर भगवान की वीतरागता है हम उसी की संगति ले रहे हैं तो हमारी क्या स्थिति बनेगी। और अगर हम संगति कर रहे हैं विषय कषाय की तो हमारी जो स्थिति है वो किसी से छुपी हुई नहीं है।

दो सहेलियाँ थीं। एक धीवर की बेटी थी, धीवर यानि मछली पकड़ने वाला। सब को मालूम है यह घटना, फिर से सुना रहा हूँ। और दूसरी माली की बेटी थी। दोनों में बहुत दोस्ती थी, सहेलियाँ थीं दोनों। एक-दूसरे को कई बार अपने-अपने घर बुलाने का निमन्त्रण दे चुकी थीं। जो माली की बेटी थी उसने तो कई दफे कहा कि तू आ तो मेरे घर में, इतने बढ़िया-बढ़िया सुगन्धित फूल हैं। और एक दिन ऐसा हुआ कि वो धीवर की बेटी अपनी सहेली के यहाँ पहुँची। और तो सब दिन व्यतीत हो गया। रात भी वहीं बितानी थी लेकिन अब नींद नहीं आ रही। उसने बहुत उपाय करे। सुगन्धित फूल जो हो सकते थे बढ़िया से बढ़िया उसके सिराहने रखे। लेकिन नींद कैसे आये। उसने कहा, बहन अब तुम्हीं बताओ कि तुम्हें क्या चाहिए जिससे तुम्हें नींद आ जाये। उसने कहा कि ये सब तो ठीक है पर इनकी गन्ध तो कुछ ढंग की है ही नहीं, मुझे तो बड़ी मुश्किल पड़ रही है। मुझे तो कोई बढ़िया-सी गन्ध

लाओ तो मुझे नींद आ जाएगी। बढ़िया-सी गन्ध कौन-सी? वो ही मछलियों की टोकरी वाली गन्ध जिसमें मछलियाँ भरी रहती हैं। उसे तो उसी में सोने की आदत थी। वही गन्ध चाहिये उसको। और जब वो टोकरी लाकर के उसके सिरहाने रखी गयी तो उसको जल्दी से नींद आ गयी। अपने ऊपर घटित मत करना नहीं तो बहुत खतरा होगा। कहानी पढ़कर के बस यहीं तक रुक जाना! इसके बाद अगर आगे बढ़ते हैं तो फिर बड़ी वेदना होती है कि हमको किस चीज में सुख जान पड़ रहा है। हमको भगवान की भक्ति, उनके स्वरूप का दर्शन करने में, उनके वचनामृत में और उनके बताए मार्ग पर चलने में आनन्द महसूस हो रहा है, या कि अपने विषय-कषायों को हम छोड़े बिना ही और उस आनन्द को लेना चाह रहे हैं, दो में से एक आनन्द ही मिलेगा। भक्ति से भरा हुआ चित्त फिर बाकि सब आसक्तियों में नहीं फँसता है। बाकी सारी आसक्तियाँ उसकी अपने आप हट जाती हैं। वो उन सबसे विरक्त हो जाता है। अपने मन में, हृदय में झाँक कर के देखें कि क्या सचमुच ऐसी भक्ति एक बार हमने करी है जिससे कि हम विषयासक्ति से विमुख हो गये हों। उस वीतरागता की भक्ति इस तरह से करें। और निरन्तर भगवान के स्वरूप का स्मरण बना रहे। संगति का बहुत असर होता है। जो भी खोटी संगति लेंगे तो जीवन भी खोटा ही बनेगा। और अच्छी संगति लेंगे तो अच्छा ही जीवन बनेगा। दृष्टि-पथ में जिसके जो सन्मुख है, जीवन उसी के अनुसार बनाने की प्रेरणा उससे मिलती रहेगी। और अगर संसार हमारे सम्मुख है और भले ही हम जिनेन्द्र भगवान के सन्मुख बैठे हैं तब भी अगर हमारे दृष्टि पथ में संसार ही है तो हमें क्या मिलेगा, हमें संसार ही मिलेगा।

हंस ने संगति कर ली थी कौवे की, धोखे से। सीधा सादा था, उसने कहा कि क्या फर्क पड़ता है, एक से दो अच्छे। और उसी पेड़ पर बैठना है, तो जिसे पर कौवा बैठा हुआ है तो उसी पर अपने को भी बैठना है। तो दो चार बातें कर लो प्रेम की, क्या फर्क पड़ता है। संगति हो गयी। और थोड़ी देर में हंस ने देखा कि पेड़ के नीचे आकर के एक राहगीर रुक गया है। लेकिन उसके ऊपर दोपहर की तेज धूप पड़ रही है। हंस से रहा नहीं गया। दयालु प्रकृति का जीव, उसने सोचा कि मैं अपने पंख फैला लूँ, तो थोड़ी छाया इसके ऊपर हो जाये। सो सचमुच हंस ने अपने पंख फैलाये तो उस राहगीर के चेहरे पर छाया हो गयी। हंस को बड़ा सुख मिला कि चलो इसके ऊपर छाया हो गयी। इसको आराम मिल जायेगा। अच्छा सोच रखने वाले और अच्छा करने वाले के मन में ऐसा ही विचार आता है और उसी में उसको आनन्द मिलता है लेकिन मजा ये है इस संसार में कि उस अच्छा करने वाले के, अच्छा करते देखकर के दूसरे को बड़ी मुश्किल होती है। कौवे महाराज को भी वही हुई। उसे लगा कि ये क्या, मेरे साथ बैठा हुआ ये दोस्त और ये इतना भलाई का काम कर रहा

है, अभी बताता हूँ इसको। और कौवे ने कर दी बीट। चेहरे पर गिरी जाकर के। चेहरे पर गिरी तो गुस्सा आ गया उसको, राहगीर की नींद भी खुल गयी। सीधे आँख उठाकर देखा तो पंख फैलाए कौन दिखा? हंस....पँख फैलाये हंस दिखाई पड़ा तो ज्यादा विचार नहीं किया और जो धनुष बाण लिए हुए था, एक ही बाण से हंस को नीचे गिरा दिया। हंस ने मरते समय राहगीर से इतना ही कहा कि हे राहगीर! संगति जब भी करना अच्छी करना। दृष्टिपथ में जब भी रखना, किसी अच्छे व्यक्ति को रखना। बुरे व्यक्ति की संगति का फल मैंने अपने प्राण देकर के पाया है, पर यह शिक्षा तुम्हें देकर के जा रहा हूँ।

हमारे दृष्टिपथ में अगर संसार की विषय-कषाय हैं तो हम आनन्द धाम का अनुभव नहीं कर सकेंगे! हम उस मोक्ष रूपी शाश्वत सुख का जो भगवान ने प्राप्त कर लिया है, जो हमारा गन्तव्य है जहाँ भगवान पहुँच चुके हैं, उस भक्ति के माध्यम से हम वहाँ तक पहुँचना चाहें तो हमारे दृष्टि-पथ में वही चीज रहनी चाहिए। हम उसी का सहारा लें। उसी की संगति हम करें जिससे कि हमारे अपने जीवन का उत्थान हो और हमारे आसपास के परिवेश का भी कल्याण हो। इसी भावना के साथ कि भगवान की भक्ति हमारे जीवन को और हमारे पूरे परिवेश को भी अच्छा बनाए, सुगन्धित करे, कल्याणकारी बनाए, इसी भावना के साथ बोलिये आचार्य गुरुवर विद्यासागर जी महाराज की जय।

अध्याय : छह

पाषाणात्मा तदितरसमः केवलं रत्न-मूर्ति-
र्मानस्तम्भो भवति च परस्तादृशो रत्न-वर्गः।
दृष्टि-प्राप्तो हरति स कथं मान-रोगं नराणां,
प्रत्यासत्तिर्यदि न भवतस्तस्य तच्छक्ति-हेतुः ॥9॥

भगवान के समवशरण में मानस्तम्भ होता है जिसको देखते ही जीवों का मान नष्ट हो जाता है। यद्यपि मानस्तम्भ पत्थर का होता है इसीलिए उसमें यह शक्ति कहाँ से उत्पन्न हुई यह शंका हो सकती है परन्तु उसमें इस शक्ति को उत्पन्न करने वाली भगवान की सन्निकटता ही समझनी चाहिए। भगवान के सान्निध्य से ही मानस्तम्भ दूसरे प्राणियों के मान को नष्ट करने में समर्थ होता है।

मानस्तम्भ को देखने से मान अगर नष्ट होता है, तो इसमें क्या महत्ता है? "प्रत्यासत्तिर्यदि न भवतस्तस्य तच्छक्ति-हेतुः", मान स्तम्भ में मनुष्यों के मान कषाय को नष्ट करने की सामर्थ्य आ ही नहीं सकती अगर उसमें आप ना विराजे हों। अगर आपकी निकटता ना हो तो हमारी मान कषाय नष्ट नहीं हो सकती। भगवान से जितनी निकटता होगी उतनी कषाएँ नष्ट होंगी। और जितनी कषाएँ नष्ट होंगी भगवान के हम उतने ही निकट होते जाएँगे। निकट क्या हो जाएँगे हम कषाय के अभाव में स्वयं भगवत्ता को प्राप्त कर लेंगे। भक्ति इतना बड़ा काम करती है।

धीरे-धीरे भगवान की भक्ति में उनके गुणगान करके हम उनसे निकटता प्राप्त करते हैं। और जैसे-जैसे उनके प्रति निकटता आती है वैसे-वैसे हमारी कषाएँ हम से दूर होना शुरु होती हैं। और कषायों का अभाव होने पर हम उस भक्ति का प्रसाद प्राप्त कर लेते हैं। भक्ति का प्रसाद अगर कोई है तो यही है कि हम स्वयं भगवान बन गये। भक्ति करने के बाद में जो प्रसाद बाँटा जाता है वो बहुत बाहरी प्रक्रिया है, अन्तरंग में प्रसाद तो ये है कि मेरी कषाएँ नष्ट हो गयीं तो मेरे भीतर प्रसन्नता आ गयी, वो ही प्रसाद है।

क्या हम ऐसी भक्ति करके ऐसा प्रसाद पाकर लौटते हैं? क्या हम अपनी कषायों को कम करके लौटते हैं? क्या हम भगवान से अपनी निकटता महसूस करते हुए भक्ति करके लौटते हैं, या भक्ति के क्षणों में हम ऐसी ही कषाय की मन्दता और भगवान से निकटता महसूस करते हैं? नहीं, हम तो यहाँ संसार में किसी से छोटे होना पसन्द नहीं करते। हमारे भीतर की मान कषाय हमें प्रेरित करती है कि अरे तुम कैसे पीछे रह गये, कैसे छोटे होकर रह गये। दौड़ो, तुम भी आगे निकल जाओ और अगर ऊँचे नहीं हो पाओ तो दूसरे को गिराकर के ऊँचे हो जाओ। हमारी कषाएँ तो हमें ऐसा करने के लिए संसार में प्रेरित करती हैं। कषायों को जीतने का सबसे आसान उपाय है भगवान के गुणगान में लीन होना। भगवान की वीतरागता को अपने भीतर प्रकट करने के लिए प्रयत्न करना।

एक बिल्ली बहुत दु:खी थी। किस बात से दु:खी थी? उसको कुत्ते का बहुत डर लगता था। तो उसने एक जादूगर का जादू देखा। वो जादूगर किसी को कुछ भी बना देता था। तो बिल्ली ने भी उससे request करी कि भाई, थोड़ी मेरे ऊपर भी दया करो। मुझे भी थोड़ा बड़ा बना दो। जादूगर बोला, कितना बड़ा बना दूँ? बिल्ली ने जवाब दिया, ये कुत्ता मेरे से बड़ा है, मुझे परेशान करता है, मुझे उससे बड़ा डर लगता है। जादूगर ने कहा कि ठीक है। तो बिल्ली की पर्याय बदल दी, उसको कुत्ते की पर्याय मिल गयी। लेकिन कुत्ते की पर्याय मिलने के बाद में एक नई समस्या शुरु हो गयी। उसे जंगल के शेर, चीता, भालू, इनसे डर लगने लगा। उसने फिर से जादूगर से कहा कि आपने बहुत कृपा करी, इनमें से कोई एक बना दो, थोड़ा और बड़ा। तो जादूगर ने उसे शेर बना दिया। भालू भी बना के देख लिया, चीता बना के देख लिया, लेकिन सबको फिर एक डर कि शिकारी ना आये। तो जादूगर ने कहा, कि तुम तो जो हो वही रहो। अकेले पर्याय बदलने से नहीं होगा भैया! भीतर जो चेतना है उसके भीतर भय है। ऐसा कुछ करो ना कि भीतर का भय निकल जाए तो किसी भी पर्याय में रहो कोई फर्क नहीं पड़ता। भीतर का भय निकल जाए तो एक ही पर्याय है सिद्ध पर्याय और संसार की कोई पर्याय नहीं मिलेगी।

और भगवान क्या कह रहे हैं? भगवान हमें संसार की किसी पद प्रतिष्ठा और मान सम्मान प्राप्त करने के लिए नहीं कह रह हैं। वे तो ये कह रहे हैं कि अगर वास्तव में अपने आप में प्रतिष्ठित होना है, अगर वास्तव में कोई सम्मानजनक जीवन जीना है तो इन सब कषायों से मुक्त होकर के, उस वीतराग स्वरूप को प्राप्त करो जहाँ कोई भय नहीं है, जहाँ कोई आसक्ति नहीं है। जहाँ कोई अज्ञान नहीं है। शायद यही प्रेरणा तो हमें भगवान की भक्ति से लेनी चाहिए।

वादिराज महाराज के भक्ति करने का ढंग बिल्कुल अलग है। भगवान से कहीं कोई याचना नहीं है। कहीं कोई उनसे अपेक्षा नहीं है। सिर्फ भक्ति का आनन्द

लेने का भाव जरूर है। और वास्तव में भक्ति वही सार्थक है जिसमें हम भक्ति के क्षणों में और भगवत्ता का अनुभव करते हैं। अपनी कषाएँ, आसक्ति और अज्ञान छोड़कर के अत्यन्त प्रसन्न भाव से भक्ति करके और आनन्दित होते हैं। आगे वादिराज महाराज कह रहे हैं कि अकेले मान कषाय का ही नहीं, समस्त कषायों को, ये भक्ति दूर करने में कारण बनती है।

हृद्यः प्राप्तो मरुदपि भवन् मूर्ति-शैलोपवाही,
सद्यः पुंसां निरवधि-रुजा-धूलिबन्धं धुनोति।
ध्यानाहूतो हृदय-कमलं यस्य तु त्वं प्रविष्ट-
स्तस्याशक्यः क इह भुवने देव! लोकोपकारः ॥10॥

हे भगवान, आपके पर्वत के समान उत्तुंग देह से जो हवाएँ स्पर्श करके गुजरती हैं, वे हवाएँ दूर-दूर तक जहाँ जिसके समीप पहुँचती हैं उसका स्पर्श करके उसे समस्त रोगों से मुक्त कर देती हैं। रोग रूपी धूल को वे उड़ा के ले जाती हैं। जैसे कि हवाएँ जो बहुत तेज-तेज पर्वत से टकराकर के चलती हैं, वे कितनी धूल को उड़ाकर के ले जाती हैं। ऐसे ही आपके पर्वत के समान उत्तुंग, ऊँची देह से जो हवाएँ टकराकर के जाती हैं वो लोगों की रोग रूपी धूल को नष्ट कर देती हैं। बड़े से बड़ा रोग कौन-सा है? कषाय से बड़ा कोई रोग है क्या? और कषाय में भी लोभ से बड़ा कोई रोग है क्या? सारे रोग एक उसी लोभ से उत्पन्न होते हैं। जितने भी मानसिक रोग, शरीर में भी अगर कोई रोग होता है तो हमारे पूर्व संचित उन्हीं कर्मों की वजह से होता है और वे कर्म हमारी कषायों से ही हमने संचित किये हैं। अपनी अज्ञानतावश हमने वो संचित किये हैं। उन सब संचित कर्मों की धूल कब नष्ट होती है? "ध्यानाहूतो हृदय-कमलं यस्य तु त्वं प्रविष्टः"। जिसने ध्यान के माध्यम से हे भगवान, भक्ति के क्षणों में आपको अपने हृदय में बिठा लिया है। अकेले आपके शरीर से छूकर के जाने वाली हवा इतना काम कर सकती है तो कोई अगर अपने हृदय में आपको बैठा लेवे तब तो उसके द्वारा "क इह भुवने देव! लोकोपकारः ना शक्यः", कौन ऐसा लोक का उपकार है जो उससे ना हो सके? दो चीजें आवश्यक हैं, एक ध्यान और एकाग्रता के माध्यम से भगवान को भक्ति के क्षणों में अपने हृदय में बिठाना, और दूसरा हृदय को लोभ से रहित करना। जितना निर्लोभ होगा व्यक्ति उतना ही उपकारी होगा। लोभी व्यक्ति दूसरे पर उपकार नहीं कर सकता। देख लो आप, अपने भीतर अगर लोभ जागृत हो जाये तो एक जरा-सी चीज दूसरे को देने में दस बार सोचना पड़ता है। तो कह रहे हैं कि हे भगवन! अगर आपको अपने हृदय में कोई एकाग्र करके बैठा लेवे तो उसके द्वारा संसार का कल्याण ही होगा क्योंकि वो स्वयं ही इतना निर्लोभी हो जायेगा कि संसार की आसक्तियाँ उसे नहीं घेरेंगी। और वो अपनी आसक्तियों से बचकर के संसार का और स्वयं अपना भी कल्याण

कर लेगा।

एकाग्रता नहीं सध पाती। कौन आया कौन गया, किसने पूजा में चावल चढ़ाये, ठीक से पूजा करी या नहीं करी। किससे भक्ति अच्छे से बन रही है या नहीं बन रही। कौन प्लेट बजाकर भक्ति कर रहा है और कौन पैर हिलाकर भक्ति कर रहा है। सब देखने में आता है। हम कैसे कर रहे हैं, ये भर नहीं देखने में आता हमारे! हमने कैसे एकाग्रता से भक्ति करी ये हमें ध्यान नहीं रहता बाकि सब क्या चल रहा है कहाँ, वो ध्यान रहता है। भक्ति के क्षणों में भी हम इतना चूक जाते हैं, हमारी एकाग्रता नहीं रह पाती। और इसी वजह से उस एकाग्रता के अभाव में हमारे भीतर वो वीतराग भाव जो भगवान ने प्राप्त किया है वो नहीं आ पाता और हमारी भक्ति इसीलिए अधूरी रह जाती है।

एक माँ का बेटा खो गया, ढूँढ रही है। जहाँ जो बताता है वहाँ भागती है। भागते-भागते अचानक कोई उसे जोर से डाँट करके बोलता है कि दिखता नहीं है क्या तेरे को? तो थोड़ी चौंक जाती है कि क्या हुआ है मेरे से? हुआ ये था कि शाम का समय था, कोई पुजारी जी होंगे, भगवान के भक्त। तो अब शाम का समय हो गया है तो उन्होंने अपनी चादर बिछाई, उसी पर बैठकर के भगवान की भक्ति शुरू की होगी। और अब इस माँ को नहीं दिखाई दिया तो उस चादर पर पैर पड़ गया और वो बौखलाये। हालाँकि कर रहे थे वो भगवान की भक्ति पर फिर भी बौखलाये कि तेरे को दिखता नहीं है, मेरी चादर पर तुमने पैर रख दिया जो इतनी पवित्र है, भगवान की भक्ति का स्थान था ये। तो उस माँ ने कहा कि सचमुच मुझे अभी कुछ नहीं दिखता। मुझे सिर्फ अपना खोया हुआ बेटा दिख रहा है। पर मुझे आश्चर्य है कि आप तो भगवान की आराधना कर रहे थे। आपको भगवान के अलावा मैं कैसे दिखाई पड़ गयी? मेरा पैर उस पर पड़ा ये कैसे दिखाई पड़ गया? बताइये! अपनी एकाग्रता ऐसी क्यों नहीं हो पाती। संसार के कार्यों में कितनी एकाग्रता अपनी बन जाती है। काश हम अपना संस्कार भी इतना प्रबल कर लें। संस्कार नहीं होने की वजह से एकाग्रता नहीं बन पाती? संस्कार जिस चीज का होता है उसमें उतनी ही जल्दी एकाग्रता बनती है। भगवान की भक्ति का संस्कार हम इतना प्रबल बनाएँ कि हमारी भी क्षण भर में ही ऐसी एकाग्रता सध जाये कि दीन-दुनिया में क्या हो रहा है, जिससे कि हम थोड़ी देर को ही सही, बेखबर हो जाएँ, और फिर भगवान के ध्यान में लीन हो जाएँ तब फिर जरूर हमारे कर्म हटेंगे, हमारा लोभ घटेगा, संसार से आसक्ति घटेगी। वो ही भक्ति हमारे जीवन को अच्छा बनाने वाली है जिस भक्ति में हम अपना लोभ घटाते हैं, अपनी अज्ञानता घटाते हैं, और भगवान के निकट आते हैं।

वादिराज महाराज की इस भक्ति की भावना से हम भी प्रेरणा लेकर के अपने

जीवन में ऐसी भक्ति को प्रवेश दें। जिससे कुछ नहीं बनता भैया, जो पढ़ा लिखा भी नहीं है, जिससे चार लाइने बांचते नहीं बनती शास्त्र की, वो भी भक्ति कर सकता है। जिसके पास बहुत सारी डिग्री नहीं है, बहुत धन पैसा नहीं है वो भी कर सकता है। यहाँ इस भक्ति में किसी बाहरी चीजों की आवश्यकता नहीं है। पूजा की थाली आपने कितनी बढ़िया सजाई है या आपके पास द्रव्य ही नहीं है चढ़ाने के लिए इससे कोई फर्क नहीं पड़ता। महत्त्वपूर्ण तो यहाँ ये है कि मैं कितना उस वीतराग भाव के प्रति एकाग्र हुआ हूँ और मेरी राग-द्वेष से कितनी निर्लिप्तता हुई है, कितना मेरी वृत्ति में निर्लोभपना आया है, कितनी मेरी मान कषाय घटी है। यही भक्ति की उपलब्धि है। ऐसी ही भक्ति हमें करनी चाहिए।

लोभ के बारे में तो जगत प्रसिद्ध हैं बहुत सारी घटनाएँ। अपन भी एक घटना याद कर लेते हैं कि कम-से-कम ऐसा वाला लोभ तो ना हो। थोड़ा-बहुत तो चलेगा, नहीं तो अब ऐसे कैसे...अब संसार में कोई एक दम थोड़ी ही निकल जाएँगे एक झटके में, लेकिन ऐसा ना हो कि बिल्कुल ही उसी में उलझे रहें और भगवान की भक्ति के लिए, अपने कल्याण की बात के लिए जरा भी समय ना मिले। दूसरे के उपकार के लिए भी अपना मन ना बने, इतना लोभी तो नहीं होना चाहिए। एक बहुत ही गरीब व्यक्ति था। तो परेशान बहुत था वो अपनी आर्थिक स्थिति से। राजा को उस पर दया आ गयी तो राजा ने कहा कि भाई ऐसा कर, थोड़ा परिश्रम तो तुम्हें भी करना पड़ेगा। क्या करना पड़ेगा ? दिन में सबेरे से शाम तक मेरे खजाने से जितना धन पैसा, सोना चाँदी ढो सको तो ढो लो। अरे! इसमें क्या परिश्रम, उसने कहा कि ये तो बहुत आसान-सा काम है। घर में आकर के उसने सबसे कहा और सब बड़े खुश हुए। अब खुश तो हुए लेकिन उस खुशी में सब भूल गये। क्या भूल गये ? कि जल्दी से जाओ, ले आओ। नहीं-नहीं, इतनी बड़ी चीज। दिन भर में अपन कितना सारा ढो लेंगे। अब घेर लिया लोभ ने। बहुत सारा ढो लेंगे अब काहे को जल्दी। अभी तो तीन चार दिन से भोजन नहीं किया है, सो उधार खरीद कर लाओ। सब चुकता कर देंगे बाद में। तो खूब बढ़िया-बढ़िया चीजें लाकर के भोजन किया। अब भोजन की तासीर तो ये है कि आपने किया है भोजन तो विश्राम भी करो। तो जनाब सो गये। अब सो गये तो फिर दोपहर में नींद खुली। फिर भी उन्होंने कहा अभी बहुत गुंजाइश है, सूर्य अस्त होने में बहुत समय है। और मुझे करना क्या है, जल्दी-जल्दी खजाने से निकाल कर ले आऊँगा। घंटे भर में तो बहुत सारा ले आऊँगा मैं। चले जनाब...अब रास्ते में चले जा रहे हैं। मोटर गाड़ी में भी बैठकर नहीं जाएँगे। पैदल-पैदल चले कि पैसे क्यों खर्च करो। हाँ, तो रास्ते में देखा कि कोई खेल-तमाशा दिखाने वाला खेल-तमाशा दिखा रहा है और बड़ा Interesting... तो खड़े हो गये, कैसा चल रहा है। अब इतना बढ़िया लगा उनको कि उसी को देखते रहे

और जब वो खेल खत्म हुआ तो इनका भी खेल खत्म हो गया क्योंकि सूर्य अस्त हो गया। जब ये पहुँचे वहाँ पर तो उन्होंने कहा कि वो तो सूर्य उदय से सूर्य अस्त तक की बात थी। और हाथ में क्या आया? कुछ भी नहीं आया। हमारे अपने जीवन में क्या होता है? हमारे जीवन में भी लोभ के चलते आखिरी में जाते समय हमारे हाथ खाली ही रह जाते हैं। मिला तो था कि पूरे जीवन में जितना निकाल सको अपने जीवन से, खजाने से, उतना प्राप्त कर लो। खजाना तो हमें हमारे हाथ में दे दिया गया था। बता भी दिया गया था कि हमारी वीतरागता हमारे भीतर है। हमारा खजाना हमारे भीतर है जितना निकाल सको तो हमने सोचा कि वीतरागता में कितनी देर लगनी है, अभी छोड़ता हूँ राग-द्वेष, अभी छोड़ता हूँ मोह और फिर अपने स्वरूप में बैठ जाऊँगा। नहीं, पूरा जीवन निकल जाता है और राग द्वेष छूट नहीं पाता। आज थोड़ा ही तो किया है, कल थोड़ा और कम कर लूँगा, धीरे-धीरे कर लूँगा। नहीं, पूरा जीवन निकल जाता उसी राग-द्वेष और मोह में, जरा एक रत्ती भी नहीं कर पाते हैं कम, बाहर से भले ही बहुत कुछ कर लेते हैं लेकिन भीतर की कषाएँ और अज्ञान को कम करने का उपक्रम हमारा नहीं हो पाता और पूरा जीवन निकल जाता है। और हमारी अपनी सम्पदा जो हमारे भीतर हम लेकर के आये हैं, उससे हम वंचित रह जाते हैं। हम कोशिश करें कि अपनी इन कषायों को थोड़ा सा कम करें और भगवान के प्रति निकटता का अहसास करें तो हमारी ये भक्ति भी हमारे जीवन को बहुत ऊँचा उठा सकती है। इसी भावना के साथ कि हमारा जीवन अच्छा बने, बोलिए आचार्य गुरुवर विद्यासागर जी महाराज की जय।

अध्याय : सात

हमेशा की तरह आज भी हम सब अपने जीवन को अच्छा बनाने की प्रक्रिया पर विचार करने बैठे हैं। जीवन अच्छा बनता है अच्छे लोगों के साथ रहने से। जीवन अच्छा बनता है अच्छे लोगों पर विश्वास करने से, अच्छे लोगों के गुणों का स्मरण करने से। उनके गुणों की प्रशंसा और उनके गुणों की आराधना करने से। इसीलिए हम लोगों ने पिछले दिनों जो पूज्य पुरुष हैं, जिन्होंने अपने जीवन को आदर्श बना लिया है, उनके गुणों के स्मरण, उनके दर्शन और उनके प्रति अपनी श्रद्धा-भक्ति कैसे व्यक्त करें जिससे कि हमारा भी जीवन उनके जैसा बने, इस बात पर विचार किया है।

भगवान की आराधना में महत्त्वपूर्ण है उनके गुणों से जुड़ना। भक्ति के मायने ही एकाकार होना है। जिसमें हम गुणों से जुड़ते हैं और गुणवान से जुड़ते हैं। विभक्त यानि अलग हो जाना और भक्त यानि जुड़ जाना। ऐसी जो भक्ति है वो वादिराज महाराज ने बहुत उत्कृष्ट भावों के साथ की है। हम इन्हीं से प्रेरणा लेकर के अपने भक्ति के भावों को कैसे अच्छा बनाएँ इसका प्रयास कर रहे हैं। अगर किसी को कुछ भी नहीं आता, कुछ भी नहीं बनता, इतना तो बनता है कि जो हमसे बड़े हैं, हमसे महान हैं उनका गुणगान कर लेवें। इसमें तो मेरे ख्याल से कोई बहुत मुश्किल सी चीज नहीं है। न सही गुणगान, कम-से-कम जो महान हैं उनके जैसे बनने का भाव ही कर लें। अगर इतना भी नहीं हो पाता तो तो कम से कम दिन भर में कुछ क्षण तो ऐसे निकालें जिससे कि उन महान आत्माओं के चरणों में बैठने का सौभाग्य मिल सके। भैया इससे आसान और कोई चीज नहीं है।

दीपक जलता है, या तो माचिस की तीली कागज पर रगड़कर खुद प्रयत्न करके दीपक जलाया जाये या फिर जलते हुए दीपक की प्रशंसा करके, उसकी रोशनी का गुणगान करके अपने जीवन में उजाला फैलाया जाए। अगर ये भी नहीं होता तो कम से कम जलते हुए दीपक के निकट जरा सा अपने बुझे हुए दीपक को

खिसकाया तो जा सकता है। वो भी जल जाएगा। ये प्रयास भक्ति का है। भक्ति हमें भगवत्ता के निकट बैठने के लिए प्रेरित करती है। उनके गुणगान, उनके गुणों का स्मरण, उनके जैसे बनने की भावना की प्रेरणा देती है। भगवान की भक्ति करते हुए वादिराज महाराज कह रहे हैं—

जानासि त्वं मम भव-भवे यच्च यादृक्चदुःखं,
जातं यस्य स्मरणमपि मे शस्त्रवन्निष्पिनष्टि।
त्वं सर्वेशः सकृप इति च त्वामुपेतोऽस्मि भक्त्या,
यत्कर्तव्यं तदिह विषये देव एव प्रमाणम् ॥11॥

भक्ति दो तरह से होती है। अपनी आलोचना और गुणवान व्यक्ति की प्रशंसा। दोनों में से कोई भी एक तरीका भक्ति का अपनाया जा सकता है। जिसमें हम दोनों करते हैं वो भी एक ढंग है। ''प्रभु पतित पावन और मैं अपावन।'' अपनी आलोचना भी की है और भगवान का गुणगान भी किया है, हो गयी भक्ति। वैसे तो चार शब्द ही पर्याप्त हैं बाकि तो सब विस्तार है उसका। ''प्रभु पतित पावन और मैं अपावन।'' आया ही इसीलिए हूँ, काहे के लिए? पावन बनने के लिए आया हूँ। वही प्रेरणा लेने के लिए आया हूँ। उसी भावना से आया हूँ। तो वादिराज महाराज भगवान के चरणों में निवेदन कर रहे हैं कि ''जानासि त्वं मम भव-भवे यच्च यादृक्चदुःखम्'', जन्म जन्मान्तरों में मैंने जिस तरह की पीड़ा भोगी है वो सब आप जानते हैं। मैं अपनी पीड़ा आपको बताने नहीं आया हूँ। मैं अपना रोना रोने नहीं आया आपके चरणों में। न मुझे किसी की शिकायत करनी है कि किसी ने मुझे दुःख दिया है। क्योंकि ''जाने तातैं तव शरण आये, उचरो निज दुःख जो चिर लहाय, मैं भ्रम्यो अपनपो विसरि आप, अपनाये विधि फल पुण्य पाप'' यहाँ तो आपके गुणों को जानकर के मैं आपके चरणों में आया हूँ। और अपने बारे में कुछ कहने की भी मुझे आवश्यकता नहीं है क्योंकि आप सब जानते हो। कई लोग आज भी ऐसे patients हैं जो डॉक्टर के पास जाकर के कोई symptoms बताना पसन्द नहीं करते हैं। वो उस डाक्टर को अच्छा नहीं मानते जो पहले symptoms पूछे। वो तो कहते हैं कि ये है हाथ और चेकअप करो और बताओ कि क्या चीज है। आप ही जानो। अपन भी ऐसा ही कर रहे हैं कि आपके हाथ में हमने अपनी नाड़ी दे दी है। अब आप परखो। ''जानासि त्वं मम भव-भवे यच्च यादृक्चदुःखम्'', जितने जैसे मैंने भव भव में दुःख पाये हैं, मैं उनको आपसे कहने भी नहीं आया हूँ, आप सब जानते हैं। और मैं किसी की शिकायत करने भी नहीं आया हूँ क्योंकि मैं अपने आप को भूला रहा इसीलिए मैंने दुःख पाये हैं। दुःख का कारण मुझे आपके दर्शन करने पर मालूम पड़ा है। आपके दर्शन से मुझे अपने स्वरूप का ज्ञान हो गया और मैं उसको अभी तक भूला था इसीलिए दुःख पा रहा था। आज मुझे लगा कि मैं अगर अपने स्वरूप को

प्राप्त कर लूँ तो दुःख का कोई कारण इस संसार में नहीं है। दुःख का कारण मेरी अपनी अज्ञानता और मेरे अपने स्वरूप का विस्मरण है, वो मेरे भीतर के ही कारण हैं, वो कहीं बाहर नहीं है, इसीलिए दो चीजें मैं करने आया हूँ आपके सामने। मैं अपने दुःखों को कहने नहीं आया, ना ही मैं अपने दुःखों के लिए किसी और को जिम्मेदार ठहराने के लिए आया हूँ। मेरे साथ तो मुश्किल ये है भगवान कि अगर अपने उन दुःखों की याद भी करूँ तो ऐसा लगता है जैसे तलवार से किसी ने मेरे शरीर को खण्ड-खण्ड कर दिया हो। और अधिक पीड़ा होती है। उस पीड़ा का स्मरण भी मेरे लिए बहुत पीड़ादायक है। मैं आपके पास क्यों आया हूँ? ''त्वं सर्वेशः सकृप इति च'', मैंने आपके बारे में ये सुन रखा है कि ''त्वं सर्वेशः'' आप सबके स्वामी हो। असल में जो अपने आपको जीत लेता है, जो अपना स्वामी हो जाता है वो सबका स्वामी हो जाता है। और मैंने यह देखा है कि आपने स्वयं को जीत लिया है इसीलिए आप सबके स्वामी हो, और दूसरी चीज ''सकृप इति च'' आप अत्यन्त दयालु हो। दोनों चीजें एक साथ मिलना बहुत कठिन है। कोई व्यक्ति सबका स्वामी हो और बहुत दयालु हो, बताइये उसके पास जाकर के क्या कहना पड़ेगा कि कृपा करो हमारे ऊपर कुछ? नहीं! आपको सिर्फ करना क्या पड़ेगा? ''त्वामुपेतोस्मि भक्त्या'' मैंने भक्ति भाव से आपकी शरण स्वीकार कर ली है इतना मेरे हाथ में है। ये अपने हाथ का काम अपने को खुद करना पड़ेगा। कृपा सब पर बरसती है लेकिन पुरुषार्थ जिसका जितना होता है, फल उतना उसको मिलता है। निमित्त भगवान बनते हैं और उपादान में जिसकी जितनी योग्यता होती है फल उतना ही मिलता है। ये स्पष्ट है। भक्ति हमारी ऐसी नहीं है कि जिसमें हम भगवान के चरणों में याचना करें कि आप ही दे दो, आप ही सब कर दो, हम तो आलसी हैं तो बैठे हैं एक कोने में, आप ही करें सब। नहीं, अब देखना नीचे की लाइन में क्या कह रहे हैं। मैंने अपने आपको आपके चरणों में surrender कर दिया है, मैं अब कुछ भी नहीं हूँ। ''त्वामुपेतेस्मि भक्त्या यत्कर्तव्यं तदिह विषये देव! एव प्रमाणम्'', मेरे बारे में जो करने योग्य हो वो आप करो हमें कोई मतलब नहीं है। आप हमारे लिए प्रमाण हो। जैसे कि माँ के द्वारा अच्छे साफ-सुथरे कपड़े पहनाकर के, समझा बुझाकर के बेटे को बाहर भेजा, कहा कि भैया ''उतै बाहर न खेलियो, कपड़ा खराब नै करियो।'' लेकिन भैया मानते हैं क्या, वे तो अपने सारे कपड़े खराब करके चले आये, लेकिन अब क्या करें, छुपें घर में? छुपने का कोई काम ही नहीं है, सीधे आकर माँ के सामने खड़े हो गये, ''यत्कर्तव्यं तदिह विषये देव! एव प्रमाणम्'', हमारी अज्ञानता हम जानते हैं। हमारी मलिनता हम जानते हैं लेकिन क्या करें कोई उपाय है? हम तो आपके सामने आ गये, अब हमारे बारे में आपके जो करना हो, आपको धुलाना हो, नहलाना हो, फिर से अच्छे कपड़े पहनाना हो तो पहनाओ नहीं

तो आप जानो। आप काहे की माँ हमारी! देखना एक बहुत सहज-सा भाव है, इतना आत्मीय भाव। पहला अर्थ तो यही है सीधा-सीधा कि आपके जो करना हो सो करो, हम तो ये आ गये। हमने तो आपके चरणों में अपने को छोड़ दिया। अब जैसे भी होगा वो आप जानें। मतलब हमारा कोई इसमें रोल नहीं है। आपका सारा काम है। सीधा अर्थ तो ये लगता है, लेकिन जरा विचार करें। हमारी भक्ति इससे भी एक कदम आगे है। आपका ज्ञान हमारे लिए प्रामाणिक है क्योंकि आपके ज्ञान में मेरा भला बुरा, मेरे उपादान के अनुसार जो होना है वो सब आपके ज्ञान में है। मैं व्यर्थ ही संक्लेश करूँ या अहंकार करूँ, सब व्यर्थ है। आप प्रमाण हैं अर्थात् मुझे साम्य भाव रखना चाहिए। यही आपकी प्रमाणिकता मुझे सिखा रही है।

भक्ति का इतना उत्कृष्ट विचार हो सकता है। वादिराज महाराज कह रहे हैं कि आप प्रमाण हैं अर्थात् आपके ज्ञान में तो मेरे भले बुरे की सारी बातें, मेरा परिणमन जिस तरह होना है वो सब आपके ज्ञान में है। मैं व्यर्थ ही अपने अनुसार परिणमन करना चाहता हूँ। मैं व्यर्थ ही ये चाहता हूँ कि अच्छा हो जाए बुरा हो जाए। नहीं, मेरे अपने कर्म जिस तरह के होंगे, वैसा मेरा परिणमन होगा। मैं आपसे यही शिक्षा ले रहा हूँ कि मुझे साम्य भाव रखना चाहिए। हर्ष विषाद नहीं करना चाहिए। आप ही प्रामाणिक हैं क्योंकि, वास्तव में जो भगवान को प्रामाणिक मानता है वो संसार के सुख-दुःख में उतनी ही समता रखता है।

और तीसरा कह रहे हैं, उसी में से अर्थ कि आप ही मेरे लिए प्रमाण हैं, आप ही मेरे लिए standard हैं, आप ही मेरे लिए ideal हैं। आपको देखकर के मुझे आपके जैसा बनने की भावना उत्पन्न हुई है, यही आपकी प्रामाणिकता है। देखियेगा इतनी सी बात को आचार्य महाराज भक्ति करते हुए भगवान के सामने किस तरह से व्यक्त कर रहे हैं। अपने पुरुषार्थ को छोड़ा नहीं है। भगवान के प्रति भक्ति और उनकी कृपा का अहसास भी है। ये दोनों चीजें भक्ति में हैं। भक्ति हमें आलसी भी नहीं बनाती और भक्ति हमें अहंकारी भी नहीं बनाती। भक्ति हमें हमारा सम्यक् पुरुषार्थ करने की प्रेरणा देती है। और अत्यन्त श्रद्धा के साथ करने की। क्योंकि कोई पुरुषार्थ करता है तो उसे अहंकार आ जाता है कि ये सारे achievements मेरे हैं। अगर हमारे अन्दर श्रद्धा नहीं है तो ऐसा अहंकार आने में देर नहीं लगेगी। और या फिर हमें अपने पुरुषार्थ पर भरोसा नहीं है। हम तो सिर्फ हाथ फैलाये खड़े हैं कि आप ही करो कृपा तो इसमें तो दीनता ही है, इसमें तो याचना ही है। कार्य किसी और के करने से हमारे जीवन में नहीं होगा। हमारे करने से ही हमारे जीवन में होगा। इसीलिए दोनों का समन्वय भक्ति में है कि जहाँ एक तरफ श्रद्धा है, वहीं दूसरी तरफ अपने कर्त्तव्य का बोध भी है। वास्तव में ऐसी भक्ति ही हमारे जीवन को ऊँचा उठाने में, अच्छा बनाने में कारण बनती है।

प्रापद्दैवं तव नुति-पदैर्जीवकेनोपदिष्टैः,
पापाचारी मरण-समये सारमेयोऽपि सौख्यम्।
कः सन्देहो यदुपलभते वासव-श्री प्रभुत्वं,
जल्पञ्जाप्यैर्मणिभिरमलैस्त्वन्नमस्कार-चक्रम्।।12।।

भगवान, मैंने एक चीज और सुनी है आपके बारे में कि आपके पंच नमस्कार मन्त्र को अपने मरण के समय में एक अत्यन्त पाप आचरण करने वाले कुत्ते ने भी सुनकर अपना कल्याण कर लिया था। मैंने ऐसा सुना है, आप confirm करियेगा। हाँ! भगवान से कह रहे हैं सीधा-सीधा। आप confirm करियेगा, मुझे तो confirm है कि ऐसा हुआ है। ऐसा कह रहे हैं वादिराज महाराज कि मुझे ये पूरा विश्वास है कि आपके पंच नमस्कार मन्त्र को मात्र सुनकर के एक पूरे जीवन पापाचरण करने वाले श्वान या कुत्ते ने भी अपना कल्याण कर लिया था। स्वर्ग का वैभव प्राप्त कर लिया था।''कः सन्देहो यदुपलभते वासव-श्री प्रभुत्वं, जल्पञ्जाप्यैर्मणिभिरमलैस्त्वन्नमस्कार-चक्रम्'', मणियों की माला पर आपका सुमिरन करने योग्य इतना महत्त्वपूर्ण आपका वो पंच-नमस्कार मन्त्र है। अगर कोई उसका निरन्तर उच्चारण करे, उसने तो क्षण भर के लिए सुना था और अगर कोई पवित्र मन्त्र का निरन्तर उच्चारण करे यानि आपके गुणगान किसी के हृदय में निरन्तर चलते रहें तो बताइयेगा उसे अगर इन्द्रों का वैभव और मुक्ति भी मिल जाये तो इसमें क्या आश्चर्य है? मैं आपकी भक्ति कर रहा हूँ और मेरा कुछ लाभ हो जाये तो इसमें मुझे कोई बहुत आश्चर्य होने वाला नहीं, वो तो होगा ही। बताइये इतना confidence! इधर अपन तो भक्ति करते हैं और आगे पीछे देखते हैं, कुछ हुआ कि नहीं हुआ, होगा भी कि नहीं होगा...कर लो...नहीं ऐसा नहीं, आधे-अधूरे मन से नहीं। कितनी श्रद्धा से कर रहे हैं कि वो तो होगा ही। जब मैं आपकी भक्ति करके अपने चित्त को निर्मल करूँगा तो चित्त की निर्मलता से मेरे तो सारे काम आसान हो जाएँगे, मुझे तो मुक्ति तक मिल जाएगी इसमें क्या सन्देह। और मन में यह प्रश्न तो उठता ही है कि किसी पर भगवान की कृपा कम है और किसी पर ज्यादा होती है क्या? सब पर समान होनी चाहिए, सुनते तो यही हैं। उस कुत्ते को तो इतना-सा सुनकर के भी और स्वर्ग पहुँचा दिया। कुछ जमती नहीं है ये बात। हमारी तो जिन्दगी निकल गयी माला फेरते-फेरते कुछ हुआ ही नहीं। हाँ...ऐसा मन में आ सकता है शायद इसीलिए वादिराज महाराज ने ये लिखा है हम जैसे कमजोर श्रद्धा वालों के लिए। हमारे भीतर आत्मविश्वास पैदा करने के लिए कि एक बार करके तो देखो। उसने अकेला सुना नहीं होगा उस कुत्ते ने, उसने धारण किया होगा। बिना धारण किए काम नहीं होगा। बिना धारण किए मन में पवित्रता नहीं आयेगी। हम भी सुनते हैं, पढ़ते हैं, बोल लेते हैं लेकिन हमारी भी चूक कहीं न कहीं है। हम धारण नहीं कर पाते हैं। उन गुणों को स्मरण करने मात्र से नहीं

होगा, उन गुणों को धारण भी करना पड़ेगा। उस आदर्श का स्मरण करना ही पर्याप्त नहीं है पर उस आदर्श के गुणों को अपने जीवन में प्रकट करना भी जरूरी है। तब फिर देखें कि कैसे काम नहीं होता।

एक साम्य भाव पर छोटी सी घटना सुनाऊँ और भगवान के प्रति हमारी श्रद्धा पर एक छोटी-सी घटना सुनाऊँ। अपन को दोनों बातें स्पष्ट हो जाएँगी। अगर हम भगवान को प्रामाणिक मानते हैं तो भगवान की भक्ति हमें समता भाव सिखाती है। संसार में सुख-दु:ख के सैकड़ों अवसर आते हैं। हम उसी में उलझे रहते हैं और हमारा जीवन ऐसे ही बीत जाता है। भक्ति हमें प्रेरणा दे रही है कि हम सुख दु:ख के अवसर पर भगवान को प्रामाणिक मानकर के व्यर्थ हर्ष-विषाद से बचें और दूसरी तरफ हम अपनी श्रद्धा को इतना अधिक आगे बढ़ाएँ कि अपने आदर्श के गुणों को हम अपने भीतर प्रकट कर सकें। तिरुवल्लुवर एक सन्त हुए हैं दक्षिण भारत में। लगभग सभी सम्प्रदाय के लोग उन्हें अपना सन्त मानते हैं। वो जुलाहे थे, अपने सन्त बनने से पहले जीवन में। और उनके शान्त परिणाम से सब परिचित थे। पर कुछ युवक थे जिनके मन में उनकी परीक्षा करने का भाव आया। उनको थोड़ा तंग करने का भाव आया। आ जाता है, कोई व्यक्ति सीधे सच्चे रास्ते पर चले तो इतना आसान थोड़े ही है, उसको भी परीक्षा से गुजरना पड़ता है। तो वह नवयुवक पहुँचा और उसने कहा कि मुझे धोती जोड़ा खरीदना है। दिखाइये। तो दिखाया धोती जोड़ा तो उसने ज्यादा सोच विचार नहीं किया और एक धोती के दो टुकड़े करके कहा कि इस आधी धोती की कितनी कीमत? "पूरी एक धोती की दो रुपये कीमत तो आधी धोती की एक रुपये कीमत।" बड़े शान्त भाव से सन्त ने उत्तर दे दिया। सन्त की सज्जनता यही है और उन्होंने उसका परिचय दिया। उसने उस आधे टुकड़े के भी दो टुकड़े कर दिये। फिर कहा कि कितनी कीमत। "आठ आने पैसे" इसमें क्या! उसने और टुकड़ा कर दिया तो चाराने पैसे और फिर दो आने पैसे फिर एक आने पैसे और फिर तो टुकड़े-टुकड़े हो गये। तब युवक ने कहा कि रख लो, ये हमारे काम की नहीं है। सन्त ने भी उतने ही शान्त भाव से कहा, "तुम्हारे ही क्या अब तो ये किसी के भी काम के नहीं है।" एक तरफ रख दिये। अब युवक लज्जित हो गया। हाँ, जब कोई इस तरह करता है तो फिर उसे लज्जित होना पड़ता है। इस जीवन में न होना पड़े, अगले जीवन में होना पड़ेगा। होना तो पड़ता है, जब कोई इस तरह से करता है। हमें भी सावधान रहना चाहिए इस तरह के काम करने से पहले कि कहीं ऐसा ना हो कि हमारी इन बुराइयों से हमें ही लज्जित होना पड़े। इन बुराइयों से हमारा ही घाटा ना हो जाये। और उसने लज्जित होकर के कहा कि देखिये मैंने आपका बहुत नुकसान किया और आप इसकी पूरी कीमत ले लीजिए। तब उन सन्त ने बहुत शान्त भाव से जवाब दिया कि नुकसान की भरपाई तुम नहीं कर पाओगे।

अगर नुकसान चुकाना चाहते हो तो कपास उगाकर के, कपास से पूनी बनाकर के, धागा कातकर के और फिर उन धागों के ताने बाने से बुनकर के जब वस्त्र बनाओगे तब मालूम पड़ेगा कि इस नुकसान को दो रुपये देकर के नहीं चुकाया जा सकता है। कितनी मेहनत और परिश्रम से वो चीज प्राप्त हुई थी जिसे तुम कह रहे हो कि मैं नुकसान चुका सकता हूँ। इतना साम्य भाव, इतना समता भाव, भक्ति हमें ये ही सिखाती है। ऐसे ही हमारा जीवन अच्छा बन सकता है। जब हम इन सारी स्थितियों में भी और अपने मन को अत्यन्त शान्त बनाये रखें। और कभी भी भगवान की भक्ति पर कुछ प्राप्त ना होने पर भी सन्देह न करें। अत्यन्त श्रद्धा से अपने कर्तव्य को, अपनी भक्ति के दायित्व को पूरा करें।

एक और सन्त हुए, उनका नाम ज्ञानेश्वर था। उनके जीवन की घटना है। वो बहुत ज्ञानवान थे, सदाचारी भी थे और बहुत साधना करते थे और उस साधना के फल से उनको काफी ख्याति भी मिली। उनको बहुत अच्छी उपलब्धियाँ भी हुईं, विशेष प्रकार की। एक पण्डितजी भी थे। वो पण्डितजी ने भी बहुत साधना करी। उन पण्डितजी को कोई उपलब्धि नहीं हुई। तो एक बार ज्ञानेश्वर के पास में जाकर के उन्होंने कहा कि मुझे तो लगता है कि ईश्वर ही पक्षपात करता है। मैंने भी साधना करी, आपने भी करी। और आपको अपनी साधना से विशेष उपलब्धि हो गयी। मेरा जीवन तो ऐसे ही गुजर गया। मैंने कितनी साधना करी और कोई उपलब्धि नहीं हुई। स्पष्ट है कि भगवान बहुत पक्षपाती हैं। तो सन्त ने कहा कि ऐसा मत सोचिएगा, उसकी तो सब पर कृपा है लेकिन हममें पात्रता भी तो होनी चाहिए। सत्पात्र को ही भक्ति का फल मिलता है। भक्ति तो सभी करते हैं, लेकिन भक्ति करने वाले की पात्रता जैसी जिसकी होगी वैसा मिलेगा। तो उन्होंने एक argument दे दिया। पण्डित थे तो पण्डित तो तर्क अच्छा जानते हैं। तो उन्होंने कहा कि हमें ही अगर अपनी पात्रता बनानी हो तो भगवान का इसमें क्या, फिर हम ही नहीं कर लेंगे। हाँ! भगवान को तो सबके लिए करना चाहिए। अब क्या कहें, सन्त तो चुप रहे। दो चार दिन के बाद एक मूर्ख से आदमी को उनके पास भेजा कि जाओ, गहने मँगा लाओ पण्डितजी से। जैसे ही उस मूर्ख आदमी ने कहा कि गहने दे दो, ज्ञानेश्वर सन्त ने मंगाये हैं। तो उन्होंने मना कर दिया कि जाओ, भागो तुम्हें कौन देगा। भगा दिया उसको। अब फिर खुद सन्त आये, उन्होंने कहा कि वे गहने मैंने मँगवाये थे, दे दीजिएगा, तो उनको जल्दी से निकाल कर दे दिये पण्डितजी ने। तो सन्त ने कहा कि वो जो व्यक्ति आया था आपने उसको क्यों नहीं दिये गहने? तो उन्होंने कहा कि अरे वो इतना मूर्ख व्यक्ति उसको कैसे देंगे? तब आपकी कुछ समझ में आया? जब आप अपने गहने देखभाल करके व्यक्ति को सौंपते हैं, सबको नहीं सौंपते तो भगवान भी अपनी भक्ति का फल उसे ही देता है जो भगवान बनने के लिए प्रयत्न

करता है, सबके लिये नहीं देता। ये भाव हमारे भीतर आना चाहिए। हम अपनी योग्यता, अपनी पात्रता स्वयं हासिल करें जिससे कि हमारे भीतर भी जिसकी हम भक्ति कर रहे हैं, उसके जैसे गुण प्रकट हो सकें और हमारा जीवन अच्छा बन सके, इसी भावना के साथ बोलिए आचार्य गुरुवर विद्यासागर जी मुनिमहाराज की जय!

अध्याय : आठ

हम सभी लोग भक्ति के माध्यम से अपने जीवन को अच्छा बनाने की प्रक्रिया पर विचार कर रहे हैं। एक अकेली भगवान जिनेन्द्र की भक्ति भी हमारे जीवन को ऊँचा उठा सकती है। सोलहकारण भावनाओं में जब हमने एक अर्हद्भक्ति भावना पर विचार किया था तब भी हमने यह अनुभव किया था कि यदि हम भक्ति को श्रद्धापूर्वक उनके गुणों के प्रति अनुराग पूर्वक करते हैं और जब उनके जैसे बनने की भावना हमारे भीतर जागृत हो जाती है, तो ऐसी भक्ति भी हमारे जीवन को अच्छा बनाती है। तो इस तरह की भक्ति के लिए कई बार ऐसा लगने लगता है कि ज्ञान चाहिए। भगवान के गुणों का चिन्तन करना, उनके गुणों का स्मरण करना, उसके लिए ज्ञान चाहिए। लेकिन वादिराज भक्ति करते हुए कुछ और ही बात कहते हैं।

शुद्धे ज्ञाने शुचिनि चरिते सत्यपि त्वय्यनीचा,
भक्तिर्नो चेदनवधि-सुखावञ्चिका कुञ्चिकेयम्।
शक्योद्घाटं भवति हि कथं मुक्ति-कामस्य पुंसो,
मुक्ति-द्वारं परिदृढ़-महामोह-मुद्रा-कवाटम् ॥13॥

आपके पास बहुत शुद्ध ज्ञान है, 'रखे रहो' ऐसा कह रहे हैं। 'शुचिनि चरिते', बड़ा पवित्र है आपका आचरण, 'रखे रहो' क्या होने वाला है? बड़ा आश्चर्य लगता है। उधर एक तरफ तो हम विचार करते हैं सारी चीजों का ज्ञान के माध्यम से, और लगने लगता है कि बिना ज्ञान के तो कुछ काम ही नहीं हो सकता और यहाँ कह रहे हैं कि आपके पास बहुत शुद्ध ज्ञान है तो रखे रहो, उससे क्या होने वाला है? आपका बहुत व्रत नियम संयम है, चरित्र बहुत ऊँचा है आपका, रखे रहो क्या फर्क पड़ने वाला है। तो कहना क्या चाहते हैं? क्या इनके बिना हो जाएगा कल्याण? नहीं, ऐसा नहीं कहना चाह रहे हैं। इनके बिना भी कल्याण नहीं होगा। लेकिन इनके द्वारा ही कल्याण हो जायेगा, ऐसा भी नहीं है। शुद्ध ज्ञान के मायने हैं ऐसा ज्ञान जो स्वतन्त्र कर दे। हमें मुक्त कर दे। और ऐसा ज्ञान, वो तो श्रद्धापूर्वक ही होगा। तो श्रद्धा से

रहित जो ज्ञान है, जो मुक्ति में कारण नहीं है, वो वाला ज्ञान कितना भी अपने पास रखे रहो कुछ नहीं होने वाला। ये कहना चाह रहे हैं। बिना श्रद्धा के कितने ही व्रत उपवास नियम का पालन कर लो, जिनेन्द्र भगवान के मार्ग पर चलते हुए अगर उनके मार्ग में श्रद्धा नहीं है तो वो किया हुआ चारित्र का पालन भी कोई ज्यादा जीवन को अच्छा बनाने में कारण नहीं बनेगा, यह कहना चाह रहे हैं।

किसी व्यक्ति को तत्त्व ज्ञान हो सकता है। बहुत तत्त्व चर्चा कर सकता है, लेकिन जरा-सी विपरीत परिस्थिति में विचलित हो जाता है, तो उसकी वह तत्त्व चर्चा और तत्त्व ज्ञान उसके आत्म कल्याण में कारण नहीं बनेंगे। ये कहना चाह रहे हैं। कोई व्यक्ति घंटों व्याख्यान दे सकता है लेकिन हो सकता है कि जरा-सी बात पर कलह करने लगे तो उसका वह व्याख्यान व्यर्थ हो गया। कोई व्यक्ति ग्यारह अंग और चौदहपूर्व का पाठी, विशिष्ट ज्ञान का क्षयोपशम होने पर प्राप्त कर सकता है इतना ज्ञान। लेकिन भीतर में भगवान जिनेन्द्र के प्रति श्रद्धा नहीं है तो उसका यह अपार ज्ञान भी उसके काम नहीं आयेगा। जिस ज्ञान से कुछ थोड़े से प्रश्नों का समाधान मिल जाए लेकिन जीवन समस्याओं से घिरा रहे वो ज्ञान कोई काम का नहीं। ज्ञान वो है जो कि जीवन का समाधान दे सके। ऐसा ज्ञान बिना श्रद्धा के हो ही नहीं सकता। इसीलिए कह रहे हैं कि आपके पास बहुत ज्ञान है, बहुत आपका आचरण है; 'शुद्धे ज्ञाने शुचिनी चरिते सत्यपि त्वय्यनीचा भक्तिर्नो च', अगर ऐसा होने पर भी भगवान के प्रति 'अनीचा भक्ति' अर्थात् श्रेष्ठ उत्कृष्ट भक्ति नहीं है, तो 'वञ्चिका कुञ्चिकेयम्', वह जो भक्ति है वह तो कुंजी के समान है, चाबी के समान है। अगर वो नहीं है तो मोक्ष के दरवाजे पर लगा हुआ ताला खुल नहीं सकता। किस चीज का ताला लगा हुआ है? 'मोह-मुद्रा-कवाटम्', मोक्ष के द्वार पर मोह का ताला लगा हुआ है और उस मोह के ताले को ज्ञान और बाह्य व्रत-नियम नहीं खोल सकते। खोल सकती है तो भगवान जिनेन्द्र की भक्ति रूपी चाबी। बताइये, वादिराज महाराज के भक्ति करने का ढंग, उनकी भक्ति करने की भावना!—ये नहीं कह रहे वो कि आपके ज्ञान और आचरण से कुछ नहीं होने वाला। वो ये कहना चाह रहे हैं कि ज्ञान और आचरण के साथ अगर भक्ति नहीं है तो ऐसे ज्ञान और आचरण से कुछ नहीं होने वाला। वो भगवान की भक्ति यानि सम्यग्दर्शन, वो अगर हमारे जीवन में नहीं है तो कुछ नहीं होने वाला। अपनी भक्ति कैसी होती है, नीचा भक्ति होती है, अनीचा भक्ति नहीं होती है। अनीचा भक्ति वो कहलाती है जिसमें कोई स्वार्थ नहीं होता भगवान की भक्ति करते समय। जिसमें कोई देखा-देखी नहीं होती, जिसमें किसी परम्परा के निर्वाह करने की बात नहीं होती। जिसमें आत्म स्वरूप को देखने, उसे प्राप्त करने की भावना होती है। वो भक्ति, जिसमें हम अपने ही आत्मस्वरूप का दर्शन करते हैं, अपने ही उस वीतराग स्वरूप में लीन होते हैं, वो

भक्ति अनीचा भक्ति है। भक्ति वास्तव में भगवान के स्वरूप में लीन होना यानि अपने ही वीतराग स्वरूप में लीन होना है। ऐसी अगर किसी के पास भक्ति है तो वो उत्तम भक्ति है, और बाकि जो भक्ति की बाह्य क्रियाएँ हैं वो सब उसी में कारणभूत हैं। लेकिन उन्हीं को हम भक्ति न मान लें। वो तो भक्ति के लिए कारणभूत बाह्य क्रियाएँ हमने की हैं। भक्ति तो अन्तरंग भावों में होगी। भगवान के गुणों के प्रति जब अनुराग उमड़ेगा, उनके जैसे बनने की भावना उमड़ेगी तब जाकर के वास्तव में हम अन्तरंग में भक्ति कर पाएँगे। देखा देखी भक्ति करने से या स्वार्थ वश भक्ति करने से हमारा वो लाभ नहीं होगा जो लाभ हम चाहते हैं। हानि होगी ऐसा न समझना, सो तो होगा लाभ। भगवान की भक्ति चाहे स्वार्थ से करो और चाहे परम्परा से करो, लाभ ही होगा हानि कुछ नहीं होने वाली। लेकिन जैसा लाभ हम चाहते हैं भैया, वैसा नहीं होगा। जितना लाभ मिलना था वो न मिलकर के थोड़ा बहुत मिल जाएगा। थोड़ा अच्छे श्रेष्ठ कर्मों का बन्ध हो जाएगा बाकि पापों की निर्जरा तो नहीं होगी और अगर कर्मों की निर्जरा करने वाली भक्ति करनी है तो वो भक्ति तो निःस्वार्थ भाव से भगवान के वीतराग स्वरूप को स्वयं प्राप्त करने के लिए ही की जाएगी। ये कहना चाह रहे हैं।

एक धोबी की घटना है कि उसके यहाँ पर एक गधा था। धोबी को तो गधा चाहिए पड़ता है अपने कपड़े वगैरह धोकर ले जाने के लिए तो उसके यहाँ पला हुआ था गधा। और उसके यहाँ पर क्या हुआ कि एक बिल्ली भी रहने लगी। बिल्ली भी पल गयी। तो बिल्ली ने दिये बच्चे। अब वो छोटे-छोटे से बच्चे थे। तो वो उसको गोद में ले लेता। गोद में ले लेता तो वे बच्चे उसका मुँह भी सूँघते और उसको पंजे भी मार देते। पर ऐसा करने पर भी वो जो मालिक था वो उसको बहुत प्यार करता था। तो गधे के बच्चे ने भी सोचा कि ऐसा मैं अगर करूँगा तो मेरा मालिक मुझे बहुत प्यार करेगा। अब बताओ कि बिल्ली के बच्चे जैसा गधे का बच्चा भी वैसा ही प्यार व्यक्त करने लगे तो होगा कुछ काम? आया समझ में? भैया भगवान के प्रति अनुराग हमारे अन्तरंग से होना चाहिए। ये करते हैं, वो करते हैं, करना चाहिए इसीलिए करो। ऐसा नहीं, हमारे अन्तरंग में, देखा देखी नहीं, स्वार्थवश नहीं, मेरे आत्मकल्याण की दृष्टि से, मैं अपना कर्तव्य मानकर के अंगीकार करूँ उस भक्ति को तो वो भक्ति इतनी आसानी से हमारे जीवन को अच्छा बना सकती है कि हम सोच भी नहीं सकते। ज्यादा मेहनत करने की आवश्यकता नहीं है, हमारे ख्याल से तो जितनी संसार में हम मेहनत करते हैं वो करना छोड़ दें तो हमारा जीवन आसानी से ऊँचा उठ पाएगा। मेहनत कौन-सी करनी पड़ती? राग-द्वेष में मेहनत करनी पड़ती है और काहे की मेहनत? मेरे ख्याल से तो जितनी मेहनत राग-द्वेष करने में होती है उतनी वीतरागता में हुई है किसी को आज तक? बताओ! वीतराग भाव रखने में

कोई मेहनत नहीं है। सारी मेहनत संसार में है तो राग-द्वेष की मेहनत है। लोग कहते हैं कि महाराज आप दिनभर काम में लगे रहते हो, थक जाते होगे। हमने कहा कि हम नहीं थकते। हम जब थकते हैं जब कोई राग-द्वेष करने लग जाता है कि नहीं भैया हमसे नहीं होता ये। और कहीं कोई मेहनत नहीं करनी पड़ती। वीतराग भाव धारण करने में तो कोई मेहनत नहीं है। और वही भक्ति का उद्देश्य है उस वीतराग भाव को धारण करना, किसी परिश्रम की वहाँ कोई आवश्यकता नहीं है।

प्रच्छन्नः खल्वय-मघ-मयै-रन्धकारैः समन्तात्
पन्था मुक्तेः स्थपुटित-पदः क्लेश-गर्तैरगाधैः।
तत्कस्तेन व्रजति सुखतो देव! तत्त्वावभासी
यद्यग्रेऽग्रे न भवति भवद्भारती-रत्न-दीपः ॥14॥

वादिराज महाराज फिर भगवान की भक्ति करते हुए आगे कहते हैं कि भगवन! ये जो मोक्ष का मार्ग है, 'पन्था मुक्तेः' यह जो मोक्ष का मार्ग है, 'प्रच्छन्नः' ढक गया है। कैसे ढक गया भगवान? किसी ने ढक दिया क्या? नहीं, मेरे ही पापों से ढक गया है। जैसे अँधेरे से मार्ग ढक जाता है, सो सूरज की रोशनी आने पर वह पुनः प्रकाशित हो जाता है, ऐसे ही कोई मेरे मोक्षमार्ग को आकर ढकता नहीं है। मेरे मोक्षमार्ग को मैं ही अपने पापों से ढक लेता हूँ। 'क्लेश-गर्तैरगाधैःस्थपुटित-पदः', और ऐसी स्थिति में जब मैं उन पापों में लिप्त होकर के अपने मोक्षमार्ग को ढक लेता हूँ तो फिर मेरे पैर भी उस मोक्ष के मार्ग में ऊँचे नीचे पड़ने लगते हैं क्योंकि मार्ग तो उबड़ खाबड़ है। जब पाप से ढका हुआ है तो दिखाई ही नहीं पड़ेगा। और उस पाप के उदय में उस मार्ग में गड्ढे ही बहुत हो जाते हैं। कौन से गड्ढे? 'क्लेश-गर्तैरगाधैः', बहुत बड़े-बड़े, क्लेश के उसमें गड्ढे भी हैं। अब बताओ भगवान कि ऐसे में उस मार्ग पर कोई चले तो कैसे चले? तो यह जो मोक्ष का मार्ग है वो तो अत्यन्त प्रकाशित है, लेकिन उस मोक्ष के मार्ग को मैंने ही अपने पापों से ढक रखा है। अगर मोक्ष के मार्ग में मुझे परेशानी होती है तो मेरे अपने ही उन पाप कर्मों की वजह से होती है। अगर कोई क्लेश होता है तो वह भी मेरे ही अपने कर्म के उदय से होता है। तब फिर कोई क्या करे भगवन् उस मोक्ष के मार्ग पर? कह रहे हैं भगवान की भक्ति करते हुए वादिराज महाराज, "स्थपुटित-पदः क्लेश-गर्तैरगाधैः। तत्कस्तेन व्रजति सुखतो देव! तत्त्वावभासी यद्यग्रेग्रे न भवति भवद्भारती-रत्न-दीपः।" कोई कैसे चल पायेगा भगवान उस मोक्ष के मार्ग पर? अगर उस मार्ग को प्रकाशित करने वाले आपके वचन रूपी दीपक, आपकी वाणी रूपी दीपक की ज्योति अगर आगे-आगे नहीं हो! 'यद्यग्रेग्रे', आगे-आगे अगर आपकी वाणी, आपके द्वारा कहे गये वचन जो ध्यान में रखता है तो उसका मार्ग बहुत आसान हो जाता है। वादिराज महाराज अपने जीवन के स्वयं के बारे में कह रहे हैं कि अगर मुझे

कोई व्याधि हुई है, अगर मेरे जीवन में मोक्षमार्ग पर चलते हुए कोई कष्ट आया है, मेरे मोक्ष के मार्ग में जो थोड़ी-सी मुश्किल आई है तो उसका कारण और कुछ नहीं है, मेरे अपने पूर्व संचित पाप कर्म ही हैं। लेकिन उसके बावजूद भी मैं मेरे मोक्षमार्ग पर आसानी से चल सकता हूँ, कैसे? वह हम सबके लिए कह रहे हैं क्योंकि हम सब संसार में कोई कम दुःखी है, कोई ज्यादा दुःखी है, पर यहाँ सब दुःखी हैं। सब विपत्ति से घिरे हुए हैं, सब संकट से ग्रसित हैं। सबसे बड़ा संकट तो अपने भीतर ही लिए फिर रहे हैं सभी लोग, मोह का संकट। मिथ्यात्व का संकट तो भीतर ही अपने लिए फिरते हैं, और दूसरे संकट की तो क्या बात करें। सब उस संकट से, विपत्ति से घिरे हुए हैं और मोक्ष के मार्ग पर चलना कैसे आसान होगा? अगर आपका वाणी रूपी दीपक आगे-आगे हो तो अर्थात मोक्ष के मार्ग पर चलना आसान हो सकता है सारी विपत्तियों के बावजूद भी, भक्ति के माध्यम से मोक्षमार्ग आसान हो सकता है, क्योंकि भक्ति जो है वो मोक्षमार्ग पर चलने वाले के लिए दीपक के समान प्रकाश देने वाली है। क्योंकि भक्ति करने वाला भगवान से सम्बन्ध स्थापित कर लेता है। जैसे जिससे हमारा अनुराग होता है, उसी से बातचीत हो पाती है। बताओ, नहीं होती? हजार आदमी मिलते हैं रास्ते में तो क्या सबसे जय-जिनेन्द्र करते हैं? नहीं, जिनसे थोड़ी पहचान हो उन्हीं से करते हैं। उससे चार बातें और ज्यादा पूछ लेते हैं कि क्या भैया कैसे हो? अब भगवान से अगर हमारी पहचान हो जावे भक्ति के माध्यम से, उनके प्रति अनुराग हमारा हो जावे तो फिर उनकी बात हम समझने लगते हैं, फिर पूछने लगते हैं अपने कल्याण के लिए। वही तो, वो जो कल्याण के लिए भगवान निरन्तर हमें कह रहे हैं, उनकी वाणी फिर हमारे लिए दीपक का काम करती है और आसानी हो जाती है।

वादिराज महाराज भी यही कह रहे हैं कि मैं ये नहीं कह रहा हूँ कि भगवान मेरी इस व्याधि को आप दूर कर दो। मैं आपकी भक्ति से अपनी व्याधि दूर करवाने के लिए नहीं आया हूँ। मैं तो आपको सिर्फ ये बताने आया हूँ कि इस तमाम व्याधि के बावजूद भी मेरे मोक्ष के मार्ग में मुझे जरा भी मुश्किल नहीं है क्योंकि आपकी वाणी का चिन्तवन करता रहता हूँ सो ये सारे दुःख होते हुए भी मुझे दुःखी नहीं कर पाते हैं। दुःख हो सकता है लेकिन वो मुझे दुःखी करे ऐसा नहीं है, परेशानियाँ हो सकती हैं लेकिन मैं परेशान होऊँ ये अनिवार्य नहीं है। वो मेरे ऊपर निर्भर है कि सारी परेशानियों के बावजूद भी मुझे परेशान होना या नहीं होना है। मुझे तत्त्व चिन्तन करना है याकि उन परेशानियों का चिन्तन करना है, ये मेरे ऊपर निर्भर करता है। इसीलिए मोक्षमार्ग में इस तरह की स्थिति निर्मित होने पर भी भक्ति के माध्यम से तमाम विपत्तियों और संकटों के बावजूद भी अगर भगवान का भक्त कोई है तो आसानी से उस मार्ग पर बिना किसी बाधा के चलता रहता है, क्यों? क्योंकि

उसको सहारा है। उसको प्रकाश दिखता रहता है कि भगवान ने तो मुझको ये कहा था। मेरा स्वरूप तो ये है।

चार मेंढक थे। एक पटिया पर बैठे और नाव में बह रहे थे। अब कहानी है भाई देखो। नहीं तो आप कहो कि ये कहाँ से ले आये मेंढक और एक पटिया पर बैठे और जा रहे हैं। आदमी की कहें तो बुरा ही लग जाए, इससे तो मेंढक ही अच्छे। तो वो चारों मेंढक चले जा रहे थे उस पटिया पर बैठे। तो एक के मन में आया तो वो कहता है कि देखो तो ये पटिया सजीव है, बह रहा है पटिया, चल रहा है। तो तीन ने सुना तो एक से रहा नहीं गया। कहने लगा, ''बुद्धु हो तुम। कहीं पटिया भी सजीव होता है क्या? वो चलता है क्या? पानी बह रहा है तो पटिया बह रहा है।'' तो दूसरे ने अपनी बात कह दी कि पानी की वजह से पटिया बह रहा है। अब तीसरे को कहाँ शान्ति, कहने लगा ''सुनो! न पानी बह रहा है, न पटिया बह रहा है। अपने मन में विचार बह रहे हैं सो अपने को ऐसा लग रहा है।'' बिल्कुल सही था वो भी, सब एक-दूसरे से ज्यादा जबरदस्त। अब चौथा वाला जो है वो चुप था। अब लेकिन तीनों अपनी-अपनी बात पर अड़े रहे। पहला कहता है कि पटिया बह रहा है। दूसरा कहता है कि नहीं, पानी बह रहा है। तीसरा कहता कि नहीं ये तो विचारों का प्रवाह है। चौथा चुपचाप बैठा हुआ है। भगवान की वाणी कैसी है? वस्तु स्वरूप को, हमारे आत्मस्वरूप को यथावत दिखाने वाली है। किसी एक पहलू से नहीं, वो तो समस्त, समग्र वस्तुओं को दिखाने वाली है। ऐसी वाणी का आलम्बन कोई लेवे फिर देखियेगा कि कैसे उसके मोक्षमार्ग में बाधा आ सकती है, कैसे उसको संसार के दुःख-सुख जो हैं, वे तकलीफ दे सकते हैं। ये कहना चाह रहे हैं भक्ति के माध्यम से। तो चौथे वाले से पूछा कि क्यों भैया तुम भी तो कहो कुछ। तो बोला कि ''तुम तीनों ही सही हो, हमें यही कहना है और कुछ नहीं। अकेले लड़ो नहीं कि नहीं पटिया ही बह रहा है या नदी बह रही है या विचार। ये तीनों चीजें सही हैं।'' लेकिन कहते हैं कि उन तीनों को ये बात जमी नहीं तो वे उचके और तीनों डूब गये। अपने साथ भी यही है। अपना ज्ञान इसी तरह का है। वो हमारे लिए ज्योति नहीं दे पाता। भगवान की वाणी तो अपन को मिली। वो ज्ञान तो अपन को प्राप्त हुआ लेकिन कौन-सा ज्ञान सही है? सापेक्ष ज्ञान ही सही है। भगवान की वाणी तो उसी अनेकान्त स्वरूप का हमें दर्शन कराती है जिसके माध्यम से हम हर परिस्थिति का विचार करके सापेक्ष रूप से और अत्यन्त समता भाव को धारण कर लेते हैं कि ठीक है, इस अपेक्षा से यह बात ठीक है। क्यों संक्लेश में पड़ें, क्यों राग-द्वेष में पड़ें। यही तो भक्ति हमारे लिए जीवन को अच्छा बनाने की प्रेरणा दे रही है। इस तरह यदि हम भक्ति के स्वरूप को ठीक-ठीक समझकर और भक्ति करें निःस्वार्थ भाव से उस वीतराग स्वरूप के पाने के लिए। निरन्तर उस भक्ति के माध्यम से और भगवान ने

क्या सन्देश दिया है, क्या उपदेश दिया है? अपने स्वरूप को जानने का उपदेश दिया है। उसको अगर ध्यान में, स्मरण में रखें तो इस संसार के राग-द्वेष से, संकट से आसानी से बच सकते हैं, इसी भावना के साथ बोलिए आचार्य गुरुवर विद्यासागर जी महाराज की जय।

अध्याय : नौ

हम सभी लोग भगवान जिनेन्द्र की भक्ति के द्वारा अपने जीवन को उनके जैसा बनाने की भावना से यहाँ रोज भक्ति पर विचार कर रहे हैं। और सचमुच जिनेन्द्र भगवान की भक्ति ही ऐसी गुणकारी है जो हमारे जीवन को उनके जैसा ही बनाने में कारण बनती है। हम भगवान की भक्ति भी इसी उद्देश्य से करते हैं कि 'वन्दे तद्गुणलब्धये'—मैं आपके जैसे गुणों को प्राप्त करूँ इसीलिए आपकी भक्ति करता हूँ। सामान्य रूप से संसार में भक्ति अपने किसी सांसारिक स्वार्थ की पूर्ति के लिए की जाती है। भगवान से हम कुछ और माँगते हैं, लेकिन ये जो जिनेन्द्र भगवान की भक्ति है, जो हमारे जीवन को अच्छा बनाती है, उसमें तो हम कुछ और ना माँग के सीधा भगवान को ही माँग लेते हैं। अब आपसे क्या माँगना? आप ही को माँग लेते हैं, आपके जैसे ही हम होना चाहते हैं। आपके जैसे गुणों को हम प्राप्त करना चाहते हैं। तो इतनी उत्कृष्ट भावना भक्ति के समय होनी चाहिए। तब हमारे भीतर की जो भगवान बनने की या भगवत्ता की जो क्षमता है, वह स्वत: ही प्रकट होने लगती है। हमें भगवान बनने के लिए कोई बहुत विशेष प्रयत्न करना हो ऐसा नहीं है। हमने अपनी भगवत्ता को अपने ही कर्मों के द्वारा जो ढक लिया है, अगर उस कर्म के पटल को हम अलग कर दें, तो हमारी वो आत्म सम्पदा हमें स्वयं अपने भीतर प्राप्त हो सकेगी। हमें कहीं अन्यत्र से उसे लाना नहीं है। वो हमारी अपनी निजी है। ऐसा भक्ति के समय हमारे अन्दर भाव उत्पन्न होना चाहिए क्योंकि भगवान के बाह्य और आन्तरिक दोनों प्रकार से स्वरूप को देखकर हममें ये उत्सुकता जागृत होनी चाहिए कि देखो हमारे जैसे ही भगवान ने जन्म लिया, फिर अपने पुरुषार्थ के द्वारा अपने कर्मों को नष्ट करके वे कैसे उस भगवन्त, अरहन्त पद को, सिद्ध पद को प्राप्त कर चुके हैं। मेरे भीतर भी वैसी ही क्षमता है। तो उस अपनी क्षमता का हमारे लिए अगर एक बार भक्ति में अहसास हो जाए तो फिर उस क्षमता को उद्घाटित करने के लिए हमें जो प्रयत्न करना है, वो प्रयत्न हम करना शुरु कर देंगे। तो ये भक्ति हमारे जीवन

को बहुत अच्छा बनाने में कारण बनती है। वादिराज महाराज भगवान जिनेन्द्र की भक्ति करते हुए लिखते हैं,

आत्म-ज्योति-र्निधि-रनवधि-र्दृष्ट-रानन्द-हेतुः,
कर्म-क्षोणी-पटल-पिहितो योऽनवाप्यः परेषाम्।
हस्ते कुर्वन्त्यनतिचिरतस्तं भवद्भक्तिभाजः,
स्तोत्रे-र्बंध-प्रकृति-परुषोद्दाम-धात्री-खनित्रैः ॥15॥

हे भगवान! हमारी जो आत्म ज्योति है, 'अनवधि' जिसका कोई अन्त नहीं है, अनन्त है वो आत्म ज्योति, वो ढकी हुई है। हमारे ही कर्म पटल के नीचे ढकी गयी है। 'योनवाप्यः परेषाम्' कोई दूसरा चाहे कि उसको निकाल ले तो नहीं निकाल सकता। और जो व्यक्ति अपनी आत्म सम्पदा को अपने अन्दर देखने की आँख प्राप्त नहीं करता यानि अश्रद्धालु है, आत्मा की ओर जिसे रुचि नहीं है वो भी उसको नहीं देख पाता। लेकिन जिसकी अपनी आत्मरुचि जागृत हो गयी है वह उस आत्म सम्पदा को देखकर अत्यन्त आनन्दित होता है। और इतना ही नहीं भगवान जिनेन्द्र की भक्ति, वो भक्ति कुदाल का काम करने लगती है। और (प्रकृति-परुषोद्दाम-धात्री) प्रकृति-प्रदेश-स्थिति-अनुभाग ये जो कर्म बन्ध के चार प्रकार हैं, वे पटल या आवरण हैं, उस आत्म-ज्योति को ढके हुए हैं। अगर उनको हम उस स्तुति रूपी कुदाली के द्वारा खोद लें तो वो आसानी से निकल सकती है। जैसे घर में किसी के सम्पदा दबी हो तो जिसको मालूम रहता है कि हमने ही तो दबाई है तो वो तो बहुत प्रसन्न रहता है, और बाकी जिसको घर में नहीं मालूम तो वे गरीबी की हालत में दुःखी बने रहते हैं कि अब है तो है ही नहीं कुछ और, धीरे-धीरे सब खत्म होता जा रहा है। लेकिन जिसको मालूम है वो सोचता है, हो जाने दो ख़त्म, हमने तो नीचे बहुत दबा के रखा है, तो उसको कोई परेशानी नहीं होती। वो तो जब चाहे तब कुदाल लेकर के और उस भूमि को खोदकर के दबी हुई सम्पदा को निकाल लेता है। ऐसे ही जिसके अन्दर आत्म रुचि जागृत हो गयी, जिसके अन्दर श्रद्धा जागृत हो जाती है, उसे हालाँकि अभी आत्म ज्योति प्राप्त नहीं हुई, वो आत्मा की निधि प्राप्त नहीं हुई, लेकिन वह उसे प्राप्त हो सकती है, ये बात उसे बहुत आनन्द देती है।

भगवान की भक्ति करते समय हमारे भीतर अपने अन्दर छुपी हुई आत्म सम्पदा का हमें आनन्द आने लगता है कि हमारे भीतर भी वही चीज है जो भगवान ने प्राप्त कर ली है। मैं उसे जब चाहूँ निकाल सकता हूँ। अब विचार करें कि पहली चीज तो वो जो आत्म सम्पदा है वो सब के भीतर है, और वह मिल नहीं रही, उसका कारण क्या है? कहते हैं कि आपके पास दृष्टि ही नहीं है उसको देखने की। अब ढूँढ रहे हो तुम उसे इधर-उधर। अब तुम्हें मालूम होता कि इधर दबी है तो निकाल लेते। तो जिसके पास में श्रद्धा है वो ही उसे देख सकता है। और इतना ही

नहीं दूसरे को नहीं मिल सकती, ये बहुत बड़ी चीज है। 'परेषाम् योनवाप्यः' मेरी निजी सम्पदा चाहे कोई दूसरा ले लेवे तो उसके खोने का भी भय नहीं है। देखो हमारे अपने ही स्वरूप को हम खो नहीं सकते। हमारा अपना स्वरूप तो हमें प्राप्त होगा कोई उसको नष्ट नहीं कर सकता, कोई उसको चुरा के नहीं ले जा सकता। ये बड़ी चीज है। ऐसा आत्मविश्वास, इस तरह यदि भक्ति के माध्यम से अपने भीतर ये बात स्पष्ट हो जावे, अपना खजाना हमें स्वयं मालूम पड़ जावे भैया तो दूसरे के सामने हाथ फैलाने की आदत छूट जाएगी। दूसरे के सामने हाथ फैलाने का मतलब ये है कि पाँच इन्द्रिय और मन के विषयों की तरफ हाथ फैला रहे हो। इसमें सुख मिल जाए, उसमें सुख मिल जाए, लेकिन मेरे भीतर जो सुख है वो मिल जाए, यह अहसास नहीं होता। और भगवान की भक्ति से हमें यही लाभ होता है। हम कहते हैं कि बाद में न सही, लेकिन उतनी देर तो होता है। जितनी देर भगवान जिनेन्द्र के सम्मुख बैठे उनकी भक्ति कर रहे हैं, उनके गुणगान कर रहे हैं, उतनी देर तो कम से कम विषय कषाय की आकांक्षा से बच गये। उतनी देर तो हम विषय कषायों की जो हम चाह रखते थे वो हमारी घट गयी। आकांक्षा घट गयी, हममें कौन-सी रुचि जागृत हो गयी? मुझे अपनी आत्म सम्पदा प्राप्त करनी है, ये रुचि जागृत हो गयी। ऐसा हमारे अन्दर निरन्तर भाव बना रहे और बाह्य सम्पदा के घटने-बढ़ने से हम हर्ष-विषाद न करें। हम ये देखें कि हमारे अन्दर आत्म रुचि कितनी बढ़ी? हमारी आत्म-सम्पदा कितनी उद्घाटित हुई है, प्रकट हुई है? आत्म सम्पदा उद्घटित हुई, मतलब कितना राग-द्वेष घटा और कितनी वीतरागता आई?

गाँधी जी चम्पारन से बेतिया जा रहे थे। अब रेल का सफर था। सेकेंड क्लास में बैठते थे। देश की अधिकांश जनता को जो चीज उपलब्ध है, उनका सोचना था कि वही हम लेंगे। जो सब को नहीं उपलब्ध है, वो क्यों लें हम? तो इसीलिए सब को तो उपलब्ध था रेल का सेकेंड क्लास का डिब्बा तो वो भी उसी में बैठते थे। अब जब वो बैठ गये, रात होने को थी, थोड़े पैर फैलाकर के सीट पर विश्राम करने लगे। उतने में नौ-दस बजे रात को एक स्टेशन पर ट्रेन रुकी। वहाँ से एक किसान चढ़ा, और जोर से उनको धक्का देकर के बोला कि क्या है जी। तुमने तो पूरी सीट पर अपना कब्जा जमाकर के रखा है। उठो, ठीक से बैठो, हमें भी बैठना है यहाँ पर। गाँधी जी कुछ नहीं बोले, चुपचाप उठकर सीट के एक तरफ बैठ गये। अब वो जो किसान था वो भी गाँधी जी के दर्शन के लिए बेतिया जा रहा था। सोचो अब! वो भी वहीं जा रहा था कि गाँधी जी के दर्शन होंगे। उधर आ रहे हैं गाँधीजी सभा के लिए। और फिर जैसे ही वो बैठ गया वहाँ पर, और बैठकर के गाने लगा कि गाँधी बाबा बड़े भले हैं, गाँधी बाबा बड़े भले हैं। और उनके गुणगान करने लगा। और गाँधी जी चुपचाप बैठे रहे। अब जब स्टेशन पर उतरने की बारी आई तो सब लोग

डिब्बे-डिब्बे में ढूँढ रहे हैं कि गाँधी जी कहाँ हैं, और जैसे ही निगाह पड़ी तो सबने उनको हाथों हाथ ले लिया। अब वो घबराया कि हमने तो इनको धक्का दिया था, उठाकर के बाजू में बिठाया था और ये ही निकले गाँधीजी। भैया ऐसे ही हम कर रहे हैं। रोज कह देते हैं उसी आत्मस्वरूप को कि उठो, तुम एक तरफ हो जाओ, हम विषय-कषाय में लगना चाहते हैं। और जब खबर आयेगी, जब मालूम पड़ेगा कि जिसका हमने आज तक तिरस्कार किया है वो ही तो गाँधी जी थे। वो ही तो हमारा आत्मस्वरूप था। ये तो घटना है, वो गाँधी जी की सहनशीलता की घटना है, उन्होंने सहन कर लिया। लेकिन जरा विचार तो करो कि हमारी अपनी अज्ञानता के कारण हम भी अपने स्वरूप को नहीं पहचान सके। गुणगान तो करते हैं आत्मा के कि हमारी आत्मा इतनी है, ऐसी है, वैसी है...तो भैया प्राप्त कर लो। उसी को तो भूल गये जिसका गुणगान कर रहे हैं। बाजू में बैठे हुए हैं जिनका गुणगान किया जा रहा है और उनको ही नहीं पहचान पा रहे हैं। हमारे साथ भी यही है, हमारी अज्ञानता यही है कि हम अपने उसी स्वरूप को भूलकर उसे प्राप्त करने से वंचित रह रहे हैं। भक्ति हमें याद दिलाती है अपनी भूली हुई सम्पदा और इतना ही नहीं, उस भूली हुई सम्पदा को याद दिलाकर हमें आनंदित भी करती है और उसे प्राप्त करने में कारण भी बन जाती है। ये वो उपाय है जिसके माध्यम से हम अपने राग-द्वेष को घटाकर अपनी वीतराग सम्पदा को प्राप्त कर सकते हैं।

वादिराज महाराज इस तरह बड़े अनूठे प्रकार से भक्ति करते हैं। कहीं कोई याचना नहीं है, अत्यन्त आत्मविश्वास है कि मैं भक्ति करुँगा तो मुझे अपनी वो प्राप्त करने योग्य, और क्या चीज है संसार में प्राप्त करने योग्य? वही आत्म सम्पदा प्राप्त करने योग्य है, सो भगवान से माँगू भी, प्राप्त भी करुँ तो किस चीज को, भक्ति के माध्यम से तो उसी आत्म सम्पदा को प्राप्त करुँ, फिर कहते हैं—

प्रत्युत्पन्ना नय-हिमगिरेरायता चामृताब्धेः
या देव! त्वत्पद-कमलयोः संगता भक्ति-गङ्गा।
चेतस्तस्यां मम रुचि-वशादाप्लुतं क्षालिताहः
कल्माषं यद्भवति किमियं देव! सन्देह-भूमिः ॥16॥

वो कह रहे हैं कि 'प्रत्युत्पन्ना नय-हिमगिरेरायता चामृताब्धेः'। भक्ति रूपी गंगा कहाँ से, उत्पन्न हुई है? कहते हैं 'वीर हिमाचल तें निकसी, गुरु गौतम के मुख कुंड झरी है।' वह जो स्याद्वाद रूपी हिमगिरी है, आपकी वाणी है स्याद्वाद रूप वो हिमालय है! और वहाँ से निकली है, कहाँ तक जाती है? नदी कहीं से भी निकले तो समुद्र तक जाती है। और ये वाली नदी कैसी है भक्ति रूपी गंगा, कहते हैं कि वो मोक्ष तक जाती है। 'आयता चामृताब्धेः' अमृत के समुद्र तक अर्थात् मोक्ष तक फैली हुई है और वो मुझे कहाँ प्राप्त हुई ये तो बताओ। आपके चरणों में 'संगता भक्ति

गंगा' मुझे प्राप्त हुई है आपके चरण कमलों में बैठने से, मैं उसका आस्वादन कर रहा हूँ। देखो भक्ति करते समय क्या विचार आना चाहिए कि भगवान कि जैसे वाणी रूपी गंगा बह रही है, जाएगी लेकर के मोक्ष तक पर मुझे तो यहाँ पर प्राप्त हुई। अब मेरा काम क्या है? उसमें मैं डूब जाऊँ। जो डूब जाते हैं वो पवित्र हो जाते हैं। जैसे नदी सामने से निकल रही हो और अपन किनारे ही खड़े रहें तो क्या स्थिति बनेगी, पवित्र हो जाएँगे। नहाये धोये हो जाएँगे। कहते कि नहीं, उसमें उतरो, डूबो उसमें। तो यही भगवान की भक्ति करते समय होना चाहिए कि भगवान जिनेन्द्र के स्वरूप में, उनके द्वारा कही गयी वाणी में जो आत्मा का स्वरूप है उसमें हम अवगाहन करें, उसमें हम डूबें उन क्षणों में, उतनी देर ही सही, पाँच मिनिट दस मिनिट ही सही। अपना सब ध्यान लग जाता है कि ये चीज चढ़ाओ और ये चीज चढ़ाओ। हाँ! पूजा करते समय, पाठ करते समय कई लोग कहने लगे कि उसके अर्थ की तरफ ध्यान दो, हाँ भई अर्थ की तरफ भी ध्यान कर लो, लेकिन परमार्थ तो न भूलो। अर्थ तो लगा लिया। अच्छा अर्थ लगा लेते हैं आप, बहुत अच्छा है, पूरी जैसी पढ़ते हैं पूजा, उसका अर्थ भी जानते हैं लेकिन अकेले अर्थ से क्या होना, अर्थ के साथ परमार्थ और उसमें डूबना। ज्ञान अगर ध्यान बन जावे तो ही वो ज्ञान श्रेष्ठ है। आचार्य महाराज हमेशा कहते कि वो ज्ञान ज्ञान नहीं, वो तो अकेली जानकारी है, जब तक कि जानकारी के साथ-साथ वो अनूभूति न बन जावे। उन क्षणों में हमें वैसा ही लगने लगे कि हाँ मेरा तो स्वरूप वीतराग ही है। तब जाकर के ऐसा कौन होगा कि जिसका चित्त निर्मल ना हो। तो वादिराज महाराज कह रहे हैं कि मेरा चित्त तो उसमें अवगाहन करके अत्यन्त निर्मल हो गया है, इसमें क्या सन्देह है। कहीं कोई इसमें मुझे सन्देह की स्थिति नहीं है।

मैंने आपसे एक बार कहा था कि एक गड़रिया रोज देखता था कि पण्डित जी डुबकी लगाते थे और डूबा साधे रहते थे और थोड़ी देर में निकलते थे, तो पंडितजी से जा से पूछा कि क्या दिखता है आपको उसके भीतर? कहने लगे, "भगवान"। तो एक दिन पंडितजी नहीं आ पाए, वो गड़रिया पहले ही पहुँच गया था सो उसने डुबकी लगायी और साधी तो पाँच मिनिट, दस मिनिट हो गये। अब पण्डितजी उतने में ही आ गये, तो उनको बड़ा आश्चर्य हुआ कि ये तो सही में दस मिनिट हो गये, मर ना जाए उसी के भीतर। वो निकल आया दस मिनिट में। जो जल देवता थे, उन्होंने उससे कहा कि भाई तुम इतनी देर तक डूबे हो, प्राण निकल जाएँगे। उसने कहा कि मैं तो भगवान के दर्शन करके ही निकलूँगा आज। जल देवता कहते हैं कि और कुछ माँग लो। तो बोला कि नहीं, भगवान के दर्शन हो गये, अब इसके अतिरिक्त मुझे और कुछ माँगने की आवश्यकता नहीं है। ये क्या चीज है? ये चित्त की निर्मलता है, चित्त की निर्मलता हमारी आकांक्षाओं को घटाती है, तब समझना

कि चित्त निर्मल है। अकेले ऐसे नहीं मालूम पड़ेगा कि भक्ति करते समय चित्त निर्मल हुआ कि नहीं? बाहर निकलकर के ये देखो कि आज कितनी आसक्ति घटी। मन्दिर से निकलकर के सीधे पहुँचे भोजन की थाली पर और थोड़ा-सा नमक कम होने पर अभी चिल्लाने लगे। तो क्या चित्त की निर्मलता हुई भैया? ये विचार करने की चीज है कि मेरी भक्ति से जो भाव निर्मल हुए हैं, अर्थात् मेरी आसक्ति घटी है पंचेन्द्रिय के विषयों में और अज्ञानता घटी है मेरी। इस तरह से यदि हम विचार करें तो बताइये कि रोज-रोज हमारे चित्त में निर्मलता आयेगी कि नहीं? रोज-रोज हगें अपनी आत्म सम्पदा का दर्शन करके आनन्द होगा। अगर ये प्रक्रिया भक्ति के द्वारा हम कर लें तो कितनी आसानी से हम अपने जीवन का कल्याण कर सकते हैं। भक्ति करने वाले में, और नहीं करने वाले में ज्यादा अन्तर अपने को आज वर्तमान में देखने में नहीं आता। क्योंकि भक्ति करने वाले का भी चित्त निर्मल नहीं होता। ज्यादा नहीं हो पा रहा और जो भक्ति नहीं करता उसकी तो कुछ बात ही नहीं है। अब स्कूल ही नहीं गये तो पास-फेल क्या। हाँ, कोई स्कूल जावे और फेल हो जावे तो उसकी तो बदनामी, भैया गये थे स्कूल और फेल हो गये। और जो कोई गया ही नहीं है, तो उसको क्या कहेंगे कि फेल या पास। लेकिन जो जाते हैं, भक्ति करते हैं उनको जरूर विचार करना चाहिए कि मेरी आत्म ज्योति याकि आत्मनिधि प्राप्त करने की ललक कितनी बढ़ी, मेरी संसार से आसक्ति कितनी घटी? मेरे चित्त में कितनी निर्मलता आई? नहीं तो हममें और उसमें कोई अन्तर नहीं रहेगा।

एक साधु जी नदी के किनारे बैठे हुए आराम से अपना ध्यान कर रहे थे। अब वहाँ पर धोबी आया कपड़े धोने के लिए तो उसने अपने कपड़े धोये और अब कपड़े धोकर के उसने सोचा कि भोजन कर लें। लेकिन गधा तो खड़ा हुआ था वहीं, तो बाबाजी से कहा कि भैया देखते रहना, हम आते हैं भोजन करके। अब बाबाजी वगैरह मिल जाते हैं काम के लिए फुर्सत। अब इन्होंने घर छोड़ा, कुछ तो है नहीं इनके पास, तो ये ही करो। तो बाबाजी से कहा कि गधे को देखे रहना आप, अब हुआ यूँ कि वो गधा वहाँ से यहाँ वहाँ हो गया। और जब ये भोजन करके लौटे तो नहीं मिला। तो बाबाजी को बहुत खरी-खोटी बातें सुनाईं। तो अब थोड़ी देर तो बाबाजी ने सुनी, उसके बाद उनके मन में जरा विकलता आ गयी। बहुत कठिन है भैया प्रशंसा सुनकर फूलना नहीं और निन्दा सुनकर शान्त बने रहना ये बहुत ही कठिन है। अत्यन्त दुर्लभ, बड़ी साधना चाहिए इसके लिए। अब बाबाजी को अपनी थोड़ी निन्दा तो सहन हुई। द्वीपायन मुनि महाराज तक को नहीं हुई थी सहन। हम और आप की तो क्या बात है पर साधना तो वही है। तो अन्तर मालूम पड़ेगा कि हाँ सच में हम साधना कर रहे हैं। सच में हम भक्ति कर रहे भगवान की कि हमारे चित्त में इतनी निर्मलता आ गयी। अब जब नहीं सहन हुआ तो उन्होंने कहा कि ठीक है,

अब दो-दो हाथ कर ही लो। तो बाबाजी भी उठ गये। और बाबाजी के मन में बार-बार ये बात आ रही थी कि इतनी जिन्दगी निकल गयी ध्यान करते, पूजा पाठ करते, भगवान की भक्ति करते पर क्या हुआ, कुछ नहीं हुआ, कोई नहीं आया बचाने। अब बाबाजी तो बाबाजी हैं, ज्यादा तगड़े तो थे नहीं तो दो चार धक्के में नीचे गिर गये। धोबी तो अच्छा तगड़ा था, वो तो वस्त्र पछाड़ करके धोता था, तो उसने बाबाजी को नीचे गिरा दिया। नीचे गिरे तो बाबाजी अत्यन्त ही दुःखी हो गये कि देखो हमारी किसी ने मदद नहीं करी। देवता भी नहीं आये मदद करने के लिए। तो उतने में आवाज आई कि हम तो खड़े हैं मदद करने के लिए, तो बाबाजी कहते हैं कि तुम जब मदद करने आये हो तो मदद क्यों नहीं करते? कहते हैं कि हमें ये ही समझ में नहीं आ रहा कि धोबी कौन है और साधु जी कौन हैं। अब अन्तर तो समझ में आये जब तो मदद करें हम। लक्षण तो दोनों के ही एक से हैं। आया समझ में आपके? हमारी सज्जनता बनी रहे, हमारी साधुता बनी रहे तो अलग पहचान हो कि हम भक्ति करते हैं। तो ये थोड़ा अन्तर तो मालूम पड़ना चाहिए कि हम जो भी कर रहे हैं उससे चित्त में निर्मलता आई कि नहीं। भैया भक्ति तो ऐसी ही है, साधना तो ऐसी ही है कि जिससे अपने जीवन में परिवर्तन आये। हम रोज अभ्यास करें इस चीज का, अभ्यास से ही आएगी। नहीं आती है तो कोई बात नहीं लेकिन अभ्यास करेंगे तो आएगी धीरे-धीरे और हमें अपनी आत्म सम्पदा का स्मरण होगा। हमारे अन्दर चित्त में निर्मलता आयेगी। यही भक्ति का हमारा उपक्रम है।

अध्याय : दस

हम सभी लोग भगवान जिनेन्द्र की भक्ति का स्वरूप समझ रहे हैं और साथ ही हमारी कोशिश यह भी है कि हम उनके जैसे गुणों को प्राप्त करने के लिए प्रयत्न करें, भावना भाएँ। जो भी सीखा जाए वो यदि हम अपने आचरण में उतार लें तो वो सीखा हुआ सार्थक हो जाता है। शिक्षा के बारे में विनोबा भावे का कहना था कि जो हम पढ़कर के सीखते हैं वह अधूरा है। परन्तु जब हम करके सीखते हैं वो पूरा है। हम भगवान की पूजा घर बैठकर के पढ़ लें याकि मन्दिर में भगवान के सामने जाकर उनकी पूजा करें तो दोनों में अन्तर कुछ समझ में आता है कि नहीं? आता तो है क्योंकि घर में वैसा वातावरण नहीं है, वहाँ वीतरागता के स्मरण का उपाय ही नहीं है। वहाँ हम कितनी भी बढ़िया से पूजा पढ़ लें, लेकिन वह वीतराग छवि बहुत प्रयत्न करने पर ही हमारे स्मरण में आयेगी। और जहाँ मन्दिर में भगवान की वीतराग छवि सम्मुख है और वहाँ बैठकर हम भगवान जिनेन्द्र की पूजा भक्ति करें तो वहाँ हमारे परिणामों में वीतरागता आसानी से आयेगी। अब थोड़ा और आगे बढ़ें। अगर भगवान की पूजा करने के बाद उनकी वह वीतराग छवि हमेशा के लिए हमारे मन में बस जाए तो फिर हम जहाँ भी रहें हमारे कार्य में वह जो भगवान के गुण हैं, भगवान की जो वीतरागता है, वो उनका जो स्वरूप है वो हमेशा बने रहने से हमारा जीवन, हम बुराइयों से बचाकर और अच्छाइयों की तरफ आसानी से ले जा सकते हैं। तो इसीलिए एक तरफ जहाँ हमें बाह्य में भगवान की वीतराग छवि का दर्शन करना जरूरी है वहीं हमें भगवान की उस वीतराग छवि से प्रेरणा लेकर के अपने जीवन में भी वीतरागता लानी चाहिए। पिछले दिनों हमने इस बात पर विचार किया था।

वादिराज महाराज जिस तरह से भक्ति करके अपने जीवन को निर्मल बनाते हैं, उनसे हम प्रेरणा ले रहे हैं कि हम भी उनके जैसी ही भक्ति कर सकें। एकीभाव स्तोत्र बहुत प्रसिद्ध नहीं है भक्तामर स्तोत्र की तरह, लेकिन वह भी भगवान जिनेन्द्र की स्तुति है। उसको हम पढ़ें और उसको हम जिएँ तो लगेगा कि हाँ सचमुच भक्ति

इस तरह से की जानी चाहिए जिससे कि हमारी आत्मा का उत्थान हो। अभी हम भक्ति तो करते हैं, वो हमारे बाह्य सुख सुविधा के निमित्त से कई बार करते हैं लेकिन उसे ही अगर हम थोड़ा और बढ़ा दें, उसको हम आत्म सन्तोष, आत्म तृप्ति याकि आत्म सुख के लिए या अपने आत्म विकास के लिए, अपने उस वीतराग स्वरूप को पाने के लिए हम भक्ति कर रहे हैं तो ऐसी भक्ति हमारे जीवन को बहुत अच्छा बना सकती है, ऊँचा उठा सकती है। भगवान की भक्ति में दो बातें बहुत अनिवार्य हैं। हमारी जितनी उनके गुणों के प्रति रुचि होगी, जितनी हमारी उनके गुणों को प्राप्त करने की भावना प्रबल होगी और जितनी हमारी तल्लीनता होगी, ये दोनों चीजें अगर सध जाती हैं तो उस भक्ति के द्वारा बहुत शीघ्रता से लाभ मिलता है। एक तरफ हमारी भावना है कि हम भगवान के जैसे गुणों को प्राप्त करें और ये भावना बहुत प्रबल है। इतनी प्रबल भावना है जैसे कि किसी की नाक थोड़ी देर को दबा दी जावे तो साँस लेना मुश्किल हो जाता है। तो फिर एक मिनिट दबाने के बाद छोड़ दी जाए और उससे पूछा जाए कि तुम्हें अभी इस समय किस चीज की इच्छा थी तो वो कहेगा कि बस एक थोड़ा-सा साँस लेने का समय मिल जाए, बस इतनी ही इच्छा थी। और दुनिया की चीजों की, किसी की इच्छा नहीं। अब बताइयेगा, वैसे रोज साँस लेते हैं लेकिन कभी भी ये ध्यान नहीं रहता कि साँस लेना इतना कीमती है। लेकिन जिस समय साँस अवरुद्ध हो जाए उस समय हमें लगता है कि कितनी कीमती है। ऐसे ही हमारे मन में जब बहुत प्रबल आकांक्षा होती है कि अब तो संसार के दुःख हमसे सहे नहीं जाते। हमें तो जैसे भगवान ने जिस सुख को प्राप्त किया है, आत्म सुख को, उसको पाने की ललक हमारे भीतर उत्पन्न हो गयी है। हमारे भीतर वीतरागता के दर्शन करने से, वीतराग भगवान की स्तुति करने से हमारी भावना प्रबल होती है, और फिर एकाग्रता उसके साथ में अगर बनी रहे तो दोनों चीजें मिलकर के हमारे भीतर बहुत बड़ा परिवर्तन कर सकती हैं। आचार्य वादिराज महाराज तो ये कह रहे हैं कि जिन क्षणों में आपकी स्तुति कर रहा हूँ भगवान, उन क्षणों में तो इस देह का मुझे भान ही नहीं रहा।

प्रादुर्भूत-स्थिर-पद-सुख! त्वामनुध्यायतो मे,
त्वय्येवाहं स इति मतिरुत्पद्यते निर्विकल्पा।
मिथ्यैवेयं तदपि तनुते तृप्ति-मभ्रेष-रूपाम्,
दोषात्मानोऽप्यभिमत-फलास्त्वत्प्रसादाद् भवन्ति ॥17॥

भगवान 'प्रादुर्भूत-स्थिर-पद-सुख' ऐसे आप जिन्होंने कि अपने उस आत्म सुख को, शाश्वत सुख को प्राप्त कर लिया है, ऐसे आपके दर्शन करने से आपकी स्तुति, वन्दना और भक्ति करने से, ऐसा मन में भाव, ऐसी मन में बुद्धि उत्पन्न होती है कि आपके समान ही मैं भी हूँ। बताइये! इतनी तल्लीनता हो गयी है कि जैसे

भगवान में ही हम समा गये। याकि मानो भगवान ही हमारे भीतर समा गये। यह जो प्रक्रिया है वो बहुत स्थूल नहीं है, बहुत सूक्ष्म प्रक्रिया है। ऐसा नहीं है कि वो भगवान आकर के हमारे अन्दर बैठ गये याकि हम जाकर के भगवान में समा गये। ये बहुत स्थूल-सा लगता है पर देखा जाए तो भगवान की जो वीतरागता है, जिन क्षणों में हमारे भीतर आ जाती है तो समझो कि हम भगवान में समा गये या भगवान हमारे भीतर आ गये। वीतरागता आ गयी तो भगवान आ गये। इसीलिए उस भक्ति के समय कह रहे हैं कि ऐसा जान पड़ रहा है, इतनी तल्लीनता हो गयी भगवान कि मुझे लगता है कि जैसे आप हैं सो ही मैं भी हूँ। जैसे कि बूँद समुद्र में गिरे तो बूँद का क्या अस्तित्व रहता है? देखा जाए तो बूँद खो गयी ऐसा मालूम पड़ता है लेकिन विचार करें तो वो समुद्र हो गयी। अब वो समुद्र का ही एक हिस्सा हो गयी। ऐसे ही हम अपने राग-द्वेष इत्यादि को जिन क्षणों में छोड़ देते हैं उन क्षणों में हम अपने स्वरूप में समा जाते हैं। वो जो स्वरूप में समाता है, वो ही तो भगवान में समाता है। ऐसी एकाग्रता भगवान की भक्ति के समय आ जाए, थोड़ी देर को आती है। आती तो होगी जब बहुत तल्लीनता हो जाती है तब ऐसा ही लगने लगता है कि अरे ये ही तो मेरा भी स्वरूप था जैसा भगवान का है। मैं कहाँ इस संसार के प्रपंच में पड़कर के दु:ख उठा रहा हूँ। ऐसा मन में भाव आने लगता है लेकिन फिर कह रहे हैं कि 'मिथ्यैवेयं' हालाँकि भगवान आपसे क्या कहें, झूठी है ये बात बिल्कुल, हम थोड़ी न आप जैसे हो गये। हमें लगने लगता है आपके दर्शन करने से, ऐसा क्यों, क्योंकि मुझे भी अपने स्वरूप का स्मरण हो जाता है। तो मैं अपने उस वीतराग स्वरूप को प्राप्त कर सकता हूँ ये मेरे भीतर आत्मविश्वास जागृत होने से बड़ी तृप्ति होती है। 'मिथ्यैवेयं तदपि तनुते तृप्ति-मभ्रेष-रूपाम्', लेकिन यह विचार मेरे भीतर आता है कि मैं भी आपके समान ही हूँ, मेरे भीतर भी वैसी ही शक्ति छिपी हुई है ये विचार मात्र भी मुझे बड़ी तृप्ति देता है। पर बात झूठी है। दोनों चीजें कह रहे हैं। दृष्टिकोण देखियेगा, शक्ति की अपेक्षा से निश्चयनय की कथनी क्या कहेगी कि मैं तो भगवान के जैसे ही स्वरूप को धारण करने वाला हूँ लेकिन व्यवहार से देखा जाए तो झूठी बात है, अभी तो मैं भगवान के जैसे स्वरूप को प्राप्त ही नहीं हुआ हूँ। अभी तो मैं राग-द्वेष और मोह से ग्रसित हूँ।

एक मूर्ख व्यक्ति था, गाँव में। तो सब उसको मूर्ख ही कहते थे। अब उसको ये लगता था कि मैं तो मूर्ख हूँ नहीं। सब ऐसे ही कहते हैं मूर्ख। एक दूसरे से सुन सुनकर कहते हैं मूर्ख, मैं थोड़े ही न मूर्ख हूँ। वो अपने को नहीं मानता था मूर्ख। तो उसने सोचा कि इस गाँव में तो सबको आदत पड़ गयी हमें मूर्ख कहने की। हम तो दूसरे गाँव में चलें। अब भैया ठीक है। चले भैया दूसरे गाँव की तरफ। अब बीच रास्ते में एक कुआँ दिखा। तो हाथ मुँह धोकर के और थोड़ा विश्राम कर लें ऐसा

सोचकर के वो वहाँ बैठ गया। सो कुएँ की जो पाट थी उस पर बैठा, और पाँव लटका लिए उसने भीतर की तरफ। अब एक आदमी वहाँ से निकला तो वो तो दूसरे गाँव का था। वो वहाँ से निकला, पानी पीने के लिए आया तो पानी पीने से पहले कहता है कि कैसे मूर्ख हो तुम तो। वो जो व्यक्ति था, वह कहने लगा, ''तुमसे किसने कहा ये बताओ पहले।'' कहते हैं कि भैया किसी ने नहीं बताया, तुम्हारे लक्षण बता रहे हैं कि तुम मूर्ख हो। पाँव लटकाये हो इसमें। हमारा व्यवहार तो यह बता रहा है कि अभी मैं भगवान नहीं हूँ। मेरे व्यवहार से तो भले ही यह बात झूठी है पर अन्तरंग में जब मैं झाँककर के देखता हूँ तो मैं भी आपके जैसे ही स्वरूप को धारण करने वाला हूँ। ये दोनों ही बातें हैं।

तो इस तरह से अगर हम विचार करें तो जब हम भगवान की भक्ति करें तो क्या देखें? हम अपने स्वरूप की तरफ देखें। और अपने स्वरूप का स्मरण करने से हमारे मन में बड़ा सन्तोष मिलता है। जैसे अपनी भूली हुई चीज के मिल जाने पर हमें सुख होता है, ऐसे ही भगवान की भक्ति करने से हमें अपने भूले हुए स्वरूप का स्मरण हो जाने पर हमें सुख होना चाहिए। लेकिन हमें इस भ्रम में भी नहीं रहना चाहिए कि हम वैसे ही हो गये हैं। हमें बाह्य में जो व्यवहार है उस व्यवहार की अपेक्षा से देखा जाए तो अभी मुझे अपने राग-द्वेष-मोह को जीतना है, भगवान तो अपने राग-द्वेष मोह को जीत चुके हैं। बस इतना जरूर है कि मुझे भी अपने राग-द्वेष मोह को जीतना है, ये विचार भगवान की भक्ति से, उनके स्मरण से मेरे भीतर उत्पन्न हो गया है।

फिर कहते हैं कि 'तृप्ति-मभ्रेष-रूपाम्', ठीक है भगवान! 'दोषात्मानोप्यभिमत-फलास्त्वत्प्रसादाद् भवन्ति' आपकी प्रशंसा तो इसी बात में है कि कोई कितना भी पाप से लिप्त होवे, कितना भी पतित होवे लेकिन आपके चरण सान्निध्य में आकर के उसे पावन होने का अवसर मिल जाता है। उसको अपनी पावनता का स्मरण आ जाने पर अपनी मलिनताओं को वो हटाने लगता है, और अपने आप ही पावन हो जाता है। आप थोड़े ही उसे पावन करते हैं, आपके चरण सान्निध्य में अपने आप ही अपने पतित होने के कारणों को कोई छोड़ देवे तो उसे पावन होने में कितनी देर लगती है? एक तरफ मेरा स्वभाव अत्यन्त निर्मल है। ऐसी आप प्रेरणा देते हैं और दूसरी तरफ जब मेरा स्वभाव निर्मलता का है, तो मैं मलिनताओं को क्यों अंगीकार करता हूँ? मैं छोड़ दूँ मलिनताओं को तो मैं अपने स्वभाव को प्राप्त कर लूँगा। ये बात जो है आपकी भक्ति से ही मुझे अत्यन्त स्पष्ट जान पड़ती है। अपन को इस बात का ध्यान रखना चाहिए कि हम जब भगवान की भक्ति करते हैं तो अपनी निर्मलता और अपनी मलिनताओं को स्पष्ट रूप से हम देखें। और बाद में जितना बने उतना हम बाहर संसार में आकर, व्यवहार में आकर के भी अपनी निर्मलता को

ही बढ़ाने के लिए उद्यम करें क्योंकि संसार में तो जीव दु:खी है। किस बात से दु:खी है, अपने राग-द्वेष और मोह से दुखी है। और कोई दूसरी उसकी वजह नहीं। और कोई उसको दु:खी करने वाला नहीं है संसार में। ये चीज हमें भगवान की भक्ति से स्पष्ट समझ में आनी चाहिए। लेकिन निर्मलता तो मेरा स्वभाव है फिर मैं जो दु:ख पा रहा हूँ वो क्यों पा रहा हूँ? अपनी इस निर्मलता के स्वभाव को भूलने से दु:ख पा रहा हूँ। ऐसा उसके भीतर में विचार आवे।

तो इसके लिए एक घटना मैं पढ़ रहा था। मुझे नहीं पता कि मैंने सुनाई है कि नहीं सुनाई, अब आपको बताता हूँ। याद आ जाएगी शायद। एक व्यक्ति ने बहुत भगवान की पूजा भक्ति करी तो देवता जो थे वह प्रसन्न हो गये। उन्होंने कहा कि भैया वरदान माँगो। ऐसे जो देव होते हैं स्वर्ग के, उनके अन्दर 'शापानुग्रहशक्ति प्रभावा' शाप देने की, अनुग्रह करने की शक्ति होती है। लेकिन ये ध्यान रखना कि पाप का उदय होवे तो वरदान नहीं फलता, पुण्य को उदय होवे तो शाप कुछ बिगाड़ नहीं सकता, ये भी ध्यान रखिए। नहीं तो ये सोचो कि किसी के करने से कुछ हो जाएगा। हमारे अपने पुण्य-पाप से सब होता है। लेकिन अब ठीक है, कथा में प्रसिद्ध है कि भाई उन्होंने कहा कि वरदान माँगो तो दूसरे ने सोचा कि क्या माँगो? बार-बार क्या माँगो, एक ही बार माँग लो कि हम जो कुछ माँगे, सभी मिल जावे। लो तो ऐसा वरदान माँग लिया। उन्होंने कहा कि ठीक है तो हम तुम्हें दे देंगे कि तुम जो माँगो तुम्हें वो सब मिलेगा लेकिन तुम्हारे पड़ोसी को दूना मिलेगा। उसने कहा कि ये तो और मुश्किल है। अब बताओ कि अपने को अपनी चीज मिल जाये इसका सुख नहीं है। संसार में जीव को इस बात का दु:ख है कि दूसरे को क्यों मिले। उसने कहा कि देखें क्या होता है, तो उसने महल माँगा, तो देखा कि पड़ोसी के दो महल हो गये। उसने अपना माथा पीट लिया। उसने तो एक महल माँगा था जो मिल गया, लेकिन पड़ोसी के भी दो महल बन गये हमारे एक माँगने से। उसने वकीलों की सलाह ली। हाँ फिर क्या करें ऐसे में तो सलाह ही लेना पड़ेगी। तो वकीलों ने सलाह दी कि देखें ऐसा करके कि "तुम तो अबकी बार माँगो कि एक कुआँ हमारे घर के सामने खुद जावे।" बोले कि इससे क्या होगा, तो वकील बोले कि माँगो तो! अब माँग लिया उसने कि एक कुआँ खुद जावे तो पड़ोसी के दो खुद गये। तो उसने कहा कि अब क्या करेंगे? वकील ने कहा कि तुम ये माँगो कि हमारी एक आँख फूट जावे, अब समझ में आ गया, अब इसमें प्रसन्नता है। ये प्रवृत्ति है, यह कैसी खोटी प्रवृत्ति है हमारी। ये तो उदाहरण है भैया, लेकिन करते अपन ऐसा ही हैं, किसी न किसी रूप में। दूसरे के अहित का जो विचार है वो मेरे हित में बाधक है वही मेरी मलिनता का कारण है। ये विचार कभी नहीं आता। संसार में अगर देखा जाए तो जीव जो है यही अपने दु:ख का उपाय करता रहता है। अपनी

अज्ञानता से, अपने राग-द्वेष और मोह की वजह से। इसका ये हो जावे उसका वो हो जावे। 'काहू की धन हानि किसी जय हार न चिन्ते' कहते जरूर हैं लेकिन हमारे मन में यही विचार बने रहते हैं सुबह से शाम तक। और अगर ये आ जावे, कि सब जीव अपने आत्मा का विकास करें। मैं भी अपने आत्मा का उत्थान करूँ। ऐसा विचार निरन्तर बना रहे तो भक्ति सार्थक हो जावे भैया और क्या चीज है। अपनी भक्ति उतनी देर के लिए सार्थक हो पाती जितनी देर भगवान के चरणों में बैठते हैं और अगर वहाँ से निकलकर भी ये विचार बना रहे कि नहीं मेरे द्वारा किसी जीव का अहित ना हो। वे भी अपना हित करें, मैं भी अपना हित करूँ। इस तरह से भक्ति हमारे जीवन को अच्छा बना सकती है। और वादिराज महाराज कह रहे हैं कि—

मिथ्यावादं मल-मपनुदन् सप्तभङ्गी-तरङ्गै-
र्वागम्भोधिर्भुवनमखिलं देव! पर्येति यस्ते।
तस्यावृत्तिं सपदि विबुधाश्चेतसैवाचलेन,
व्यातन्वन्तः सुचिर-ममृता-सेवया तृप्नुवन्ति ॥18॥

भगवान एक तरफ तो आपके दर्शन और दूसरी तरफ आपकी वाणी का श्रवण दोनों चीजें हो रही हैं। समवशरण में अगर कोई बैठा होवे तो उसके लिए ये दोनों सौभाग्य प्राप्त होते हैं। हमें इसमें से एक सौभाग्य प्राप्त है। हम चाहें तो दूसरा भी प्राप्त कर सकते हैं। हाँ, भगवान के उस वीतराग स्वरूप से मिलने वाला सन्देश भी ग्रहण कर सकते हैं। अकेले दर्शन नहीं, उससे मिलने वाला सन्देश भी सुन सकते हैं इन कानों के द्वारा। वहाँ समवशरण में बैठे होवें तो एक तरफ वीतरागता दिख रही है और भगवान की दिव्य ध्वनि खिर रही है। उसमें वचन उनके, तत्त्व का प्ररूपण करने वाले वचन हैं तो कह रहे हैं कि वे जो वचन हैं वो तो समुद्र के समान हैं। तो वचन रूपी तो हो गया समुद्र और उसमें लहरें उठ रही हैं तो वो हैं स्याद्वाद रूपी लहरें। और समुद्र की विशेषता है कि उसमें आप कितने भी कचरा फेंक दो, कितनी भी मलिनता उसमें चली जावे लेकिन समुद्र अपनी लहरों के माध्यम से वो सारे कचरे को उठाकर बाहर किनारे पर फेंक देता है। ऐसा ही कह रहे हैं कि आपके वचन रूपी समुद्र हैं, स्याद्वाद रूपी लहरें हैं, वे जितने भी मिथ्या मान्यताएँ रूपी कचरा है, मलिनताएँ हैं, उसको हटाने वाली हैं। लोगों के भीतर ये जो भ्रान्ति हो गयी है कि तपस्या करने वाले ये जो तपस्वी हैं, गुरुजन हैं इनकी तो देह इत्यादि अत्यन्त मलिन होती है। जैसा कि अभी सेठजी कह के गये हैं। सो ऐसा जो मिथ्या फैल रहा है वाद, मिथ्या जो बातें फैल रही हैं वो सब आपके वचन के माध्यम से अपने आप शान्त हो जाती हैं, ऐसा वादिराज महाराज भक्ति करते हुए विचार कर रहे हैं कि आपके वचन रूपी समुद्ररूप हैं मानो और उसमें स्याद्वाद रूपी लहरें उठने से ये जो भ्रान्तियाँ हैं नाना प्रकार की, हमारे मन में 363 जो विभिन्न मान्यताएँ हैं, संसार में भटकाने वाली हैं,

वे सब हट जाती हैं। इतना ही नहीं, एक कथा प्रसिद्ध है संसार में कि समुद्र मन्थन से अमृत प्राप्त किया था देवताओं ने, जब सुर असुर की लड़ाई हुई थी। अब सुर असुर की लड़ाई हुई थी या! नहीं हुई थी मानो अपने भीतर तो रोज चलती रहती है! अच्छाई और बुराई की लड़ाई वो चलती है। देखो उस अच्छाई और बुराई की जो लड़ाई है उसे जीतने के लिए क्या करें? तो उसे जीतने का उपाय कह रहे हैं कि उस वचन रूपी समुद्र का मन्थन अर्थात् अभ्यास करें। उसमें मथानी डालकर के, सुमेरु पर्वत की मथानी बना लेवें फिर उसको डालें ये तो बहुत स्थूल सी बातें हैं। वास्तव में कहना चाह रहे हैं कि उस वचन रूपी समुद्र का कोई मन्थन करे अर्थात् उसका अभ्यास करे तो क्या प्राप्त होगा उससे? अमृत प्राप्त होगा अर्थात् वह जन्म मरण से मुक्त हो सकता है।

ज्ञान वास्तव में कैसा हो? या भगवान की वाणी कैसी है? पीयूष के समान है, जिसके पीने से हम जन्म मरण की व्याधि से मुक्त हो जाते हैं। उन्होंने हमारे लिए जो वाणी कही है, जो वचन कह रहे हैं, उसका अभ्यास करें। उन आत्म तत्त्व इत्यादि जो सात तत्त्व कहे हैं, आत्म तत्त्व आदि को लेकर के, उन सात प्रयोजन भूत तत्त्वों का उस समय पर हम स्मरण कर रहे हैं कि हाँ वास्तव में मेरी आत्मा का स्वरूप तो वैसा ही है जैसा भगवान का है तो वह विचार भी हमारे लिए निर्मल बनने में कारण बनता है। भगवान की वाणी के अनुसार अगर अपना जीवन बना लें तो क्या बात नहीं है भैया! भगवान के दर्शन करके उनके जैसा बनने की प्रेरणा लेवें भैया! उनकी वाणी से और उनके बताए हुए मार्ग पर चलकर के हम चाहें तो उनके जैसे हो सकते हैं, कितना आसान उपाय है। एक तरफ दर्शन है, समवशरण में इसीलिए बहुत आसानी से जीव अपना कल्याण कर लेते हैं कि एक तरफ तो स्वरूप दिखाई पड़ रहा है, दूसरी तरफ उपदेश भी मिल रहा है कि करो, तुम भी करो, तुम भी कर सकते हो। इसीलिए मन्दिर को अपन समवशरण जैसा मानकर प्रवेश करते हैं कि वे ही साक्षात् मानो वेदी पर साक्षात् भगवान ही बैठे हैं। उनकी दिव्य ध्वनि खिर रही है और हम उनके गुणगान कर रहे हैं। पूजाएँ भी हमने ऐसी ही बनाई हैं जिनमें कि भगवान के द्वारा दिया हुआ उपदेश अपन स्वयं ही बोलते हैं। ये दीपक तो बहुत थोड़ी देर में बुझ जाएगा। मैं तो प्राप्त करना चाहता हूँ केवलज्ञान रूपी ज्योति जो कभी नहीं बुझेगी— ऐसी पूजाएँ अपन क्यों पढ़ते हैं? इसी दृष्टि से पूजा पढ़ते हैं कि उपदेश भी साथ में मिल रहा और वीतराग भगवान का दर्शन भी साथ में हो रहा है, दोनों चीजें हैं। और उपदेश तो इतना ही है भैया कि अपने हित के साथ-साथ प्राणी मात्र के हित का हमारे भीतर में विचार हो। इतना ही भगवान का उपदेश है। सब जीवों के कल्याण की जो भावना है वास्तव में वही सब धर्मों का उपदेश है।

एक छोटी-सी घटना सुनाता हूँ। क्या हुआ, एक बार छुट्टी का दिन था। अब

बच्चों ने सोचा कि क्या किया जाए। तो दो बच्चे थे अपनी-अपनी साइकिल से चले जा रहे थे। उन्होंने सोचा कि अपन दौड़ते हैं। साइकिल की दौड़ करते हैं। जो जीत जाएगा उसको इनाम मिलेगा। ठीक है भाई, अब दोनों ने तेजी से अपनी साइकिल चलाई। उतने में ही बहुत जोर से कई बच्चों की माँ ने आवाज दी कि अरे बच्चों! देखो तुम लोग जरा जल्दी से साइकिल दौड़ा कर के उसको बचा लो। क्या हुआ था, एक छोटा-सा बच्चा बैठा था बच्चों वाली गाड़ी में, और उसे पीछे से एक छोटा बच्चा पकड़ के चला रहा था। अब जब ढलान आई तो गाड़ी नहीं सँभली और उसके हाथ से गाड़ी छूट गयी। अब माँ चिल्ला रही है कि बच्चों, देखो तो अपनी साइकिल से और उस बच्चे को बचा लो। उसमें से एक ने सोचा कि अरे वाह, हम तो हार जाएँगे अगर हम इसको बचाने में लग गये। भैया कहानी तो कहानी है। सबके समझ में आ गयी, लेकिन अपन भी तो संसार के पाँच इन्द्रिय और मन के विषयों में दौड़ रहे हैं। अब दूसरे बच्चे ने क्या किया? उसने फ़ौरन से जैसे ही आवाज सुनी और देखा कि हाँ सचमुच विपत्ति है, एक तरफ छोड़ी अपनी प्रतियोगिता, एक तरफ छोड़ा अपना जीतना हारना और फ़ौरन जाकर के आगे निकल करके उसे पकड़ लिया जाती हुई बच्चागाड़ी को जिसमें बच्चा बैठा हुआ था। बताइये! कौन जीता? कोई भी कह देगा कि भले ही वो दौड़ में नहीं जीता लेकिन प्राण बचा लिया तो जीत गये। भाई ऐसा ही तो उपदेश भगवान का है और इसके अतिरिक्त क्या है? हम अपने जीवन में भक्ति करते समय यही भावना भाएँ कि हमारे द्वारा सब जीवों का उपकार हो। सब जीवों के उपकार में, उनके हित में हम कारण बनें। हम उनके अहित में कारण न बनें इतना ही तो उपदेश था भगवान का। वही उनकी वीतरागता प्राप्त करने के लिए पहली सीढ़ी है जब तक अहिंसा और दया इत्यादि का जो उपदेश है वो हमारे जीवन में नहीं आयेगा, तब तक हम भगवान की भक्ति कितनी भी बाह्य में करते रहें, वो भक्ति हमारे लिए उतनी लाभकारी नहीं होगी। भगवान की भक्ति तो उनके जैसे वीतराग बनने के लिए और अपने और प्राणी मात्र के कल्याण की भावना के लिए है, इसी भावना के साथ अपन भक्ति करके अपना कल्याण करें, बोलिए आचार्य गुरुवर विद्यासागर जी महाराज की जय।

अध्याय : ग्यारह

हम सभी लोग इस बात पर विचार कर रहे हैं कि जिनेन्द्र भगवान की भक्ति किस तरह करनी चाहिए जिससे कि भक्ति के माध्यम से हम अपने जीवन का विकास कर सकें। हम उस वीतराग भाव को प्राप्त कर सकें, जो कि हमारे लिए अभी तक प्राप्त नहीं हुआ और उस वीतराग भाव के प्राप्त नहीं होने से ही इस संसार में हम दुःख उठा रहे हैं।

''वीतराग भेंट्यो अबे मैटो राग कुटैव।''

बहुत दुर्लभ अगर कोई चीज़ है संसार में तो वह वीतराग विज्ञान ही है। और उस वीतराग विज्ञान के अभाव में ही हम सभी यहाँ पर संसार में जन्म मरण की पीड़ा भोगते हैं। भगवान की भक्ति हमें संसार के दुःखों से बचाती है क्योंकि वह हमारा हमारे वीतराग भाव से परिचय कराती है। ऐसी भक्ति जिसमें कि हम भगवान के जैसे वीतराग भाव को प्राप्त करने की भावना करते हैं, वह भक्ति हमारे लिए जीवन को अच्छा बनाने में कारण बनती है, ये बात हमने पिछले दिनों लगातार विचार करके समझी है, सीखी है। वादिराज महाराज के भक्ति करने का जो ढंग है वो कुछ अलग है, उनके भावों के अनुरूप ही हमारे भी भक्ति के भाव बनें इसीलिए उनके एकीभाव स्तोत्र का आलम्बन लेकर हम रोज़-रोज़ भक्ति के बारे में थोड़ी-थोड़ी बात सीखते हैं। हम सब के जीवन में हमें लगता है कि हम सुन्दर बनें, हम भले दिखें। हर व्यक्ति की ये कोशिश होती है। वह अपने बाह्य रूप को सुन्दर बनाने के सैकडों उपाय करता है। वह अपने धन-पैसे, पद-प्रतिष्ठा के माध्यम से अपने को भला साबित करने का उपक्रम भी करता है। लेकिन मात्र बाह्य में अच्छे धन वैभव के प्राप्त हो जाने से, या शरीर के सुन्दर होने से जीवन की सुन्दरता आ गयी होती तो, तो सब जीव सुन्दर हो जाते। लेकिन ऐसा नहीं है।

आचार्य समन्तभद्र स्वामी कहते हैं कि ''उच्चैर्गोत्रम् प्रणते भोगो दानात् उपासना पूजा भक्ते सुन्दरं रूपम्।''

बहुत पहले, 2000 साल पहले उन्होंने अपना ये विचार दे दिया था कि सुन्दर होने का उपाय जानना चाहते हो तो हम से पूछो। 'भक्ते सुन्दरं रूपम्', जितनी जिनेन्द्र भगवान की भक्ति करोगे, उतनी सुन्दरता प्राप्त होगी। ये अच्छा उपाय है। लेकिन इतना आसान उपाय नहीं है यह। यहाँ क्रीम पाउडर लगाने से सुन्दर नहीं होंगे, न अच्छे अच्छे वस्त्राभूषण पहनने से सुन्दर होंगे, यहाँ तो जितनी भगवान जिनेन्द्र के प्रति भक्ति होगी, उतनी आत्मा निर्मल होगी, उतनी सुन्दरता आयेगी।

'लोकस्य सव्वो सुन्दरो अप्पा'—इस लोक में सबसे सुन्दर अपने स्वरूप को प्राप्त हुई आत्मा है, अन्य कोई नहीं है। और जो अपने स्वरूप से विमुख है सो वो ही संसार में कुरूप है। भगवान इसीलिए सुन्दर हैं क्योंकि वे अपने स्वरूप को प्राप्त कर चुके हैं। हम उनकी भक्ति के द्वारा अगर अपने आत्मस्वरूप को प्राप्त कर लेवें तो हमसे ज्यादा संसार में कोई सुन्दर नहीं है।

तो भगवान की स्तुति करते हुए वादिराज महाराज कहते हैं कि—

आहार्येभ्यः स्पृहयति परं यः स्वभावादहृद्यः,
शस्त्र-ग्राही भवति सततं वैरिणा यश्च शक्यः।
सर्वाङ्गेषु त्वमसि सुभगस्त्वं न शक्यः परेषाम्।,
तत्किं भूषा-वसन-कुसुमैः किं च शस्त्रैरुदस्त्रैः ॥19॥

अरे भाई, "आहार्येभ्यः स्पृहयति य स्वभावदाहृद्यः।" सुन्दर-सुन्दर वस्त्र-आभूषण वही चाहता है जिसको अपना शरीर कुरूप जान पड़ता है। "स्वाभावादहृद्यः" अर्थात् जो स्वभाव से ही कुरूप है, वो व्यक्ति वस्त्र-आभूषण चाहता है। बुरा नहीं मानना भाई, अब भक्ति ऐसे ही है, हम क्या करें? जो अपने वस्त्र आभूषण के द्वारा सुन्दरता की कामना करता है इसका मतलब है कि वो अपने को कुरूप मानता है, तभी तो सुन्दर बनाने के लिए उन सबका आलम्बन लेता है। और "शस्त्रग्राही भवति सततं वैरिणां यश्च शक्यः" जिसको अपने बैरी का डर हमेशा लगा हुआ है, वह अपने पास में अस्त्र-शस्त्र रखता है। हथियार रखता है कि भैया, अपनी सुरक्षा के लिए कि पता नहीं, कौन कब हमारा बिगाड़ कर दे।

"सर्वांगेषु त्वमसि सुभगस्", लेकिन हे वीतराग भगवान, आप तो सर्वाङ्ग सुन्दर हो, इसीलिए आप दिगम्बर हो। न आपको वस्त्र-आभूषण की आवश्यकता है, न आपको अस्त्र-शस्त्र की आवश्यकता है। सुन्दर होने की वजह से आपको वस्त्र आभूषण नहीं चाहिए। और संसार में आपका कोई बैरी नहीं है, आपकी सबसे मित्रता है, इसीलिए अब कोई अस्त्र-शस्त्र रखने की आवश्यकता भी नहीं है। बताइये! इस स्वरूप का हम रोज़ दर्शन करते हैं पर फिर भी अपनी सुन्दरता का और

अपने भय से मुक्त होने के हम कितने-कितने उपाय करते हैं, विचार तो करो। और जितना प्रयास हम अपने बाह्य रूप को सुन्दर बनाने का, और जितना संसार में सुरक्षा का उपाय करते हैं, अगर उसका एक प्रतिशत भी उपाय अपने स्वभाव की प्राप्ति का कर लिया होता, तो दोनों चीजें सध जातीं। बताइये! लेकिन जब तक ये अज्ञान नहीं हटेगा, तब तक कैसे हम तैयार होंगे इस बात के लिए! वास्तव में हमारे मनोविकारों को छुपाने के लिए, शरीर के विकारों को छुपाने के लिए ही हम वस्त्र-आभूषण धारण करते हैं। लेकिन जिसके मन में विकार ही नहीं हैं, जिसके मन में निर्मलता है, सरलता है, उस व्यक्ति के लिए इन सब चीजों की आवश्यकता नहीं है। जिसने सब प्राणी मात्र से अपनी मैत्री रखी, सद्भावना रखी है, उसे दूसरे से शत्रुता है ही नहीं, तो अस्त्र-शस्त्र और सुरक्षा के उपाय भी नहीं करना पड़ेंगे, न भंडार में ताला लगाना पड़ेगा। अगर भंडार में कुछ रखा हो तो लगाओ और रखा ही न हो तो क्यों लगाओ? कौन-सी चीज चुराएगा कोई? जो चुराई जा सकती है, वो रखोगे तो चुराएगा। और जो चुराई नहीं जा सकती, हमारे अपने स्वरूप को कोई चुरा के नहीं ले जा सकता, और स्वरूप से जो पृथक चीजें हैं, उनकी कितनी ही सुरक्षा कर लो, बचा नहीं सकते। लेकिन ऐसा अपने मन में जब ज्ञान प्राप्त हो, तब तो हमें समझ आए। कैसे होगा? भगवान की भक्ति से हमारे मन में ऐसा भाव उत्पन्न होता है, और वही भक्ति हमारे जीवन को अच्छा बनाने में कारण बनती है।

एक गाँव में एक लड़का पैदा हुआ। माता-पिता बड़े दुःखी हुए, क्योंकि वो बहुत बेडौल था। रूप-रंग भी उसका अच्छा नहीं था। शरीर भी सुन्दर नहीं दिखता था। तो और बच्चों के प्रति तो माँ पिता का ध्यान रहता था। इसके प्रति ज्यादा ध्यान नहीं रहता था। थोड़ा बड़ा हो गया तो पढ़ने लिखने में भी अल्प बुद्धि था। पाप का उदय होवे तो सब होता है इस तरह से। अब क्या करे वो? उसने सोचा कि अब यहाँ कोई चाहता भी नहीं है। चलो अपन शहर चलें। कोई काम मिल जाएगा तो करेंगे। अब शहर में पहुँचा तो एक ठेला लगाने वाला, उसमें अपनी चाय-पानी की दुकान लगाता था, जैसे लोग लगाए रहते हैं। रात में, क्या करे, कहाँ जाए, तो वहीं ठेले के पास सो गया। सुबह उस ठेले का मालिक आया, तो उसने देखा कि ये यहाँ पर सोया हुआ है। तो उससे कहा कि क्यों, कहाँ से आये? तो उसने कहा कि गाँव से। क्यों आये? तो बोला कि कुछ काम मिल जाय। तो जाओ, वो देखो, वो सब चाय के झूठे बर्तन रखे हैं, धोओगे क्या? बोला कि अभी धो देता हूँ। ये भी नहीं पूछा कि क्या दोगे। अभी धो देता हूँ। तो धो दिया। पानी भर के जल्दी-जल्दी ले आया हैंडपम्प से, और सब धो दिए बढ़िया से। तो देखा इसने कि है तो आदमी काम का। भले ही थोड़ा कुरूप दिखता है। लेकिन काम तो ठीक करता है। सो धीरे-धीरे भोजन इत्यादि, उसको वहीं पर मिलने लगा, वहीं ठेले के पास में सो जाता। वह

सबेरे से उठकर के सारा ठेला तैयार कर देता, जब तक उसका मालिक आता। वो मालिक उसकी कुरूपता के डर से शुरू में जो ग्राहक आते थे, उनका सामना न हो जावे, सो उसको जान बूझ कर पानी लेने भेज देता था। उसकी इतनी कुरूपता थी। ये देखना आप! अब, अब क्या हुआ कि ठेला लगाने वाले तो रोड के किनारे ही ठेला लगाते हैं, सो उनका बँधा रहता है पैसा। इतने पैसे देते रहना, सो हम न हटाएँगे यहाँ से, अगर तुम नहीं दोगे तो हटा देंगे वे, नगर पालिका का भी नियम रहता है, उसके अनुसार कि भैया ठीक है, यहाँ लगाओ, लेकिन इतने पैसे देना। अब वो जो ठेले वाला था, उसकी इतनी income तो थी नहीं कि उतने चुका सके। धीरे-धीरे चुकाता था। सो एक दिन उसको नोटिस मिल गया कि अगर तुमने दो दिन के अन्दर हज़ार रुपये नहीं भरे, तो तुम्हारा ठेला यहाँ से हटा दिया जाएगा। बड़ा चिन्तित था वो ठेले वाला। तो उस लड़के ने पूछा कि क्या बात हो गयी? तो कहा कि वो हमें नोटिस आ गया कि अब हटाना पड़ेगा यहाँ से। तो लड़का भी सोचता है कि अब मैं कहाँ जाऊँगा? ये ठेले वाले के यहाँ तो मैं थोड़ा काम करके कुछ पा लेता था। दो दिन के बाद में, वो तो इन्तज़ार कर रहा है कि अब आता है कोई हटाने के लिए, और कोई नहीं आया हटाने के लिए। बल्कि शाम को जो हटाने आने वाले थे, औरों का तो हटाया उन्होंने, इससे कुछ बोले ही नहीं। इसको बड़ा आश्चर्य हुआ कि हुआ क्या? जब उसको बुला के पूछा कि क्यों भाई! हमारा नोटिस आया था, उसका क्या हुआ? कहते कि तुम्हारे तो हजार रुपये भरे गये। तो बोला कि हमारे हजार रुपये किसने भर दिए? तो उसने कहा कि यही, ये जो लड़का है, ये कौन है तुम्हारा? ये तो गया था वहाँ पर भरने के लिए। तुमने इसको भेजा होगा भरने के लिए। तुम्हारे दुकान का नौकर है। अब तो ये दंग रह गया, कि भाई! मैंने तो तुम्हें भरने भेजा ही नहीं था रुपये। तुम्हारे पास हजार रुपये कैसे, कहाँ से आये? हमने तो कभी तुम्हें रुपये दिए ही नहीं। वो बताता है कि मालिक आपके यहाँ से रात में आठ बजे काम पूरा हो गया। मैं सोने ही जा रहा था, उतने में ही मालूम पड़ा कि एक सर्कस लगा है। मैंने कहा, देख आऊँ। तो सर्कस में एक खेल दिखा रहे थे, उसमें वो कुआँ में मोटर साइकिल चलाते हैं। उसमें वो दिखा रहा था और कह रहा था कि अगर कोई पूरी रात गोल-गोल घेरे में मोटर साइकिल चलाएगा तो एक हजार रुपये देंगे। हमने कहा, अब क्या? अगर मर भी जाएँगे तो क्या फर्क पड़ेगा। मगर उसके हजार रूपया तो काम में आ जावेंगे अगर जीत गये तो। सो बस, उसने शुरु किया चलाना। चलाता रहा, चलाता रहा। सब तो बीच-बीच में हार-थक करके, और छोड़ के चले गये। ये चलाता रहा, चलाता रहा और सबेरे जीत गया, हजार रूपया लेके आया। सीधे उसके हजार रूपया चुकाए उसने। इतने लोगों के बीच में, सब सुन रहे हैं उसकी वह घटना। सबके मुँह से निकला कि, भाई! रूपवान तो तुम ही हो, भले ही

तुम्हारा शरीर कुरूप है।

मैंने ये घटना अभी-अभी पढ़ी थी। इससे मुझे मालूम पड़ा कि अन्तरंग के परिणामों की, दूसरे के कल्याण की और आत्म कल्याण की जो भावना है, वो वास्तव में हमारे जीवन को सुन्दर करती है। हमें भगवान की भक्ति यही सिखाती है कि यहाँ पर सब जीव अपने उस आत्म स्वरूप को भूलकर के दु:खी हैं। हम चाहें तो दूसरे जीव के लिए भी कल्याण में निमित्त बनें और साथ में अपना भी कल्याण करें। अगर ऐसी पवित्र भावना होवे तो ये सुन्दरता हमें प्राप्त हो सकती है। वरना तो हम सुबह से शाम तक, और अपने उस बाह्य रूप को ही सजाने-सँवारने में और अपनी सुरक्षा के उपाय करने में ही लगे रहते हैं। भगवान के स्वरूप को देखो! उन्होंने उस निर्मलता को प्राप्त कर लिया, जहाँ कुरूपता का कोई प्रश्न ही नहीं है, मलिनता का कोई प्रश्न ही नहीं। वे उस परम विशुद्ध अवस्था को प्राप्त करके और सुरक्षित हो गये हैं। वास्तव में तो जो अपने परिणामों में शान्त है वही सुरक्षित है। सो ऐसी सुरक्षा हमें भी भगवान की भक्ति से प्राप्त हो सकती है।

फिर वादिराज महाराज कहते हैं कि भगवान, एक और बात समझ में नहीं आई कि,

इन्द्रः सेवां तव सुकुरुतां किं तया श्लाघ्नं ते,
तस्यैवेयं भव-लय-करीं श्लाघ्यतामातनोति।
त्वं निस्तारी जनन-जलधेः सिद्धि-कान्ता-पतिस्त्वं,
त्वं लोकानां प्रभुरिति तव श्लाघ्यते स्तोत्रमित्थं॥20॥

हे भगवन! लोग तो ऐसा कहते हैं कि सौ-सौ इन्द्र आपकी सेवा में खड़े हैं इसीलिए आप बड़े हो। हमें तो ठीक नहीं जँचती ये बात। जैसे समन्तभद्र स्वामी भगवान से बातचीत करते हैं ऐसे वादिराज महाराज भगवान से बातचीत कर रहे हैं। अपन कर पाते हैं बातचीत? अपन नहीं कर पाते। अपने आप से अपने स्वरूप की तरफ देखने से जो हमारे मन में भाव उत्पन्न होते भैया वही तो बातचीत है भगवान से और कौन है यहाँ बोलने वाला? क्या कह रहे हैं कि भगवान, इन्द्र आपकी सेवा में खड़े, इसीलिए आप प्रशंसनीय हैं? नहीं। उधर समन्तभद्र स्वामी भी कहते हैं कि—

"देवागम नाभोयान चामरादि विभूतय: मायाविश्वपि दर्शयन्ते, ना तसत्वमसि नो महान्।"

अरे मायावी, इन्द्रजालिया भी, ऐसा खेल रचा सकता है, ऐसी रचना कर सकता है, आप समवशरण में बैठे हो, छत्र चँवर ढुर रहे हैं, आपके ऊपर लगे हुए हैं, इन्द्र खड़े हुए हैं, इससे आप महान हो गये? कहते हैं, ये तो कोई भी ऐसा कर सकता है। तब कहते हैं कि 'दोषावरण योर्हानिर।' जो संसारी जीवों में 18 दोष हैं,

वे आप में नहीं हैं इसीलिए आप महान हैं। वही चीज़ यहाँ कह रहे हैं कि इन्द्र आपकी सेवा में खड़े इसीलिए आप महान नहीं हैं, इन्द्र आपकी सेवा करके तो अपना ही कल्याण कर रहे हैं, यह तो इन्द्र ही की महानता है। अब ये पढ़ कर के बड़ा आश्चर्य लगा मुझे कि देखो अपन भगवान की पूजा करते हैं सो ज्यादा लोग भगवान की पूजा कर रहे, इससे भगवान बड़े हो गये, ऐसा नहीं है। हम भगवान की पूजा करके अपना संसार घटाते हैं, ये हमारी ही प्रशंसा है। भगवान की इसमें प्रशंसा नहीं है। तो भगवान की प्रशंसा किसमें है? आप लोक के स्वामी हो, मुक्ति वधू के स्वामी हो, और इस संसार के समुद्र से पार लगाने वाले हो, प्रशंसा तो आपकी इसमें है। आपके निमित्त से जीव संसार-सागर से पार हो जाता है। आप के निमित्त से जीव मुक्ति को प्राप्त हो जाता है। आपके निमित्त से जीव दुःखों से मुक्त होकर के आत्म सुख को प्राप्त कर लेता है—प्रशंसा तो इस बात में है। अपन तो ऐसी प्रशंसा भगवान की कहाँ कर पाते हैं भक्ति करते समय। अपन को तो और-और दूसरी चीज़ें दिखाई पड़ती हैं कि देखो तो, वाह! पहले मार्बल लगता था, अब सब में ग्रेनाइट लगा है, वाह! बहुत अच्छा बना है। मन्दिर की प्रशंसा भी कर हैं तो मन्दिर में मार्बल लगा है, मन्दिर में ग्रेनाइट लगा है, महँगी चीज़ें लगी हैं। अरे! सोने का छत्र लगा है, इधर देखो, इन्होंने तो सोने का काम करवाया है वेदी में। भगवान जन्म-मरण से हमें पार करने में कारण हैं, हमें सच्चा सुख दिलाने वाले हैं, उसमें कारण हैं। यह ध्यान नहीं आता। ये सब बाहर की चीज़ों में अपना ध्यान लगा रहता है। शायद इसीलिए अपनी भक्ति से जितना अपने को लाभ होना चाहिए वो नहीं हो पाता। हम थोड़ा-सा अपनी भक्ति के इस ढंग को बदलें। जैसे वादिराज महाराज कह रहे हैं कि भगवान, आपका ये वैभव अपार है। समवशरण की विभूति देखो, उसका वैभव देखो, तो चमत्कृत हो जाएँ। लेकिन उस समवशरण की विभूति के बीच भी भगवान सिंहासन पर कमल के ऊपर, चार अंगुल ऊपर बैठे हैं, ये उनकी अलिप्तता देखने योग्य है। वो जो नीचे सब फैला हुआ है, वो तो व्यर्थ ही है। सार्थकता तो इसमें है कि उस सब के बीच भी वे अलिप्त हैं। ये हम उनसे सीखें। भगवान तमाम राग के बीच में भी वीतराग हैं। सब चीज़ें उनके चारों तरफ बिखरी हैं। पर वे अपने आत्म स्वरूप में लीन हैं।

ऐसा ही हम भक्ति से देखें कि सब संसार में अपार वैभव है। सब चीज़ें हैं, सुख-सुविधा के साधन मिल गये हैं। लेकिन उनमें रचना-पचना नहीं। उनसे जितना हो सके अलिप्त रहना। यही हमारे लिए सार्थकता है। हम बहुत जल्दी छोटी-छोटी चीज़ों से प्रभावित होकर के संसार में, और अपने उस स्वरूप से विमुख होकर के, अपनी उस सहजता से, निष्कपटता से, ईमानदारी से विमुख होकर के संसार में कुछ भी करने के लिए तैयार हो जाते हैं उस थोड़े से धन-सम्पत्ति इत्यादि की प्राप्ति के

लिए। उस ठेले पर काम करने वाले लड़के की कहानी पढ़कर अच्छा लग रहा था। देने वाले की तरफ देखो कि देने वाले के कैसे भाव उत्पन्न हुए होंगे देते समय कि सहज भाव से और वो सम्पत्ति काम आ गयी। यह अलिप्तता का भाव, ये detachment है, इस अलिप्तता के भाव से ही हम वीतरागता के निकट पहुँचेंगे। यही हमारी भक्ति की उपलब्धि है।

एक छोटी-सी घटना से और स्पष्ट हो जाएगा। एक किसान था। उसके यहाँ पर बहुत गाय-भैंस थीं। तो बहुत दूध होता था। वो उसमें से मक्खन निकालकर बेच देता था। जो ब्रेड-बिस्किट बनाने वाले, बेकरी वाले कहलाते हैं, आज की भाषा में, तो उसको वो एक सेर मक्खन बेचता था। अब एक दिन उस बेकरी वाले ने शिकायत करी कि तुमने हमें मक्खन कम तौल के दिया। एक सेर की जगह तो वो 900 ग्राम निकला। उसने कहा, भाई! इसमें हमारी गलती नहीं है। हमने तो तुम्हें ठीक-ठीक दिया था। एक सेर दिया था। तो बेकरी वाला फिर सीधे अदालत में पहुँच गया। अब अदालत में जब पूछा गया कि भाई दिखाओ, तुमने तौला कैसे था? कौन से बाँट थे? तब उसने कहा-मेरे पास तो बाँट वाँट है नहीं। हाँ वह भोला-भाला था। कहने लगा कि मेरे पास तो बाँट नहीं हैं। भाई, तो तुम कैसे देते हो तौल के? कहा कि मक्खन तो हम अब इनको दे रहे हैं। इनसे तो हम ब्रेड लेते हैं ब्रेड। एक सेर रोज़। सो रोज़ तो हम इनसे ब्रेड लेते हैं तो वो ब्रेड एक किलो एक तरफ रख के अपना मक्खन दे देते हैं। अब हमारी क्या गलती? अगर कम निकला है तो ये जानें। बेईमानी इन्होंने करी पहले, हमने नहीं करी...हमने तो जितना हमें एक सेर इन्होंने ब्रेड दिया सो उसी के बराबर का हमने इनको मक्खन दे दिया।

आया समझ में? इससे अपन को क्या शिक्षा मिलती है? यही शिक्षा मिलती है कि हम जिस तरह का परिणाम यहाँ पर करते हैं, उसका फल हमें तुरन्त मिलता है। इसके बावजूद भी हम अपने परिणाम खोटे करते हैं। भगवान की भक्ति हमें यही सिखाती है कि इस संसार में चीज़ों के पीछे अपना ईमान, अपनी निष्कपटता को न भूलें या ये कहें कि अपने स्वरूप से विमुख न होवें। संसार के भोग विलास की सब चीज़ें आपको सुलभ हो सकती हैं। उद्यम से, पुण्य के उदय से। वो सब चीज़ें सुलभ हो सकती हैं लेकिन उतने से के पीछे हम अपने स्वभाव से क्यों विमुख होवें। जब हम भक्ति करते हैं भगवान की तो रोज हमें यही उपदेश उनके द्वारा प्राप्त होता है।

इस उपदेश को ग्रहण करके जितना अपन से बने तो उतना प्रयत्न करना चाहिए। यदि हम अपने इस बाह्य वैभव के बीच भी अलिप्त रह कर के अपने उस राग-द्वेष से बच के वीतरागता का उपाय करेंगे तो हमारी यह भक्ति हमें यही उपदेश देती है कि वीतरागता का भाव रख करके अपना कल्याण आसानी से किया जा सकता है। इसी भावना के साथ बोलिए आचार्य गुरुवर विद्यासागर महाराज की जय।

अध्याय : बारह

हम सभी लोग जिनेन्द्र भगवान की भक्ति के माध्यम से अपने जीवन को अच्छा बनाने की प्रक्रिया पर विचार कर रहे हैं। भगवान के दर्शन, उनके गुणों का स्मरण, चिन्तन और उनके जैसे बनने की भावना, ये सब चीज़ें उस भक्ति में समाहित हैं। जब भगवान के दर्शन और उनके गुणों का चिन्तन करते हैं तो अपने मन में क्या विचार आना चाहिए?

''तुमको बिन जाने जो कलेश, पाये सो तुम जानत जिनेश।''

एक विचार ये है। मैंने आज तक अगर संसार में दुःख पाया है, तो वो मैं आपसे कहने नहीं आया भगवान। उसका कारण मुझे आपके दर्शन से मालूम पड़ गया है। अभी जब तक आपका दर्शन नहीं हुआ था तो ये लगता था कि मेरे दुःख का कारण कहीं बाहर है। इस संसार में किसी सुख-सुविधा के अभाव में मैं दुःखी हूँ। या अन्य और कोई कारण है जिससे मैं दुःखी हूँ। अब मुझे मुख्य कारण समझ में आ गया कि ''तुमको बिन जाने जो क्लेश'' मैंने भगवान जिनेन्द्र के स्वरूप को नहीं जानकर के आज तक दुःख उठाया है। आज आपका स्वरूप मुझे मालूम पड़ा और साथ में आपके स्वरूप के साथ मुझे ये मालूम पड़ा कि ऐसा ही स्वरूप मेरा भी है। मैं व्यर्थ ही यहाँ पर दुःख उठा रहा था। ये मेरी ही अपनी कमजोरी थी। ये मेरी ही अपनी कमी थी। मेरे दुःख का कारण मेरे भीतर ही था।

''आकुलित भयो अज्ञान धारि, ज्यों मृग, मृग-तृष्णा जानि वारि।''

और दूसरी चीज़ ये थी कि एक तो मुझे अपने दुःख का कारण ठीक से ज्ञात नहीं था और उस दुःख के चलते मैं और अधिक आकुल व्याकुल हो जाता था, अपने उस अज्ञान की वजह से।

मैं ढूँढ़ता था सुख पाँच इन्द्रियों और मन के विषयों में। पाँच इन्द्रिय और मन के विषयों के अभाव में मैं दुःख पाता था। मुझे लगता था कि इनके अभाव में ही मैं दुःखी हूँ। और जब इनका सद्भाव हो जाता था तो मैं उनमें ही सुख ढूँढता था। और

अन्ततः फिर दुःख में गिर जाता था। जैसे मृग इस कोशिश में है कि शायद ये जो सामने चमकदार चीज़ दिखाई पड़ रही है, वो जल ही है, भरा हुआ सरोवर है, क्योंकि रेत में बहुत तेज सूर्य की किरणें पड़ने पर ऐसा आभास होता है कि जैसे लहरें उठ रही हों किसी तालाब में। और हिरण प्यास के मारे उस चमक का पीछा करता है और दौड़ता-दौड़ता उसी रेत में गिर करके अपने प्राण त्याग देता है। मैंने भी ऐसा ही किया। आकुलित हुआ, इन सुख सुविधा के साधनों को पाकर के भी मैं आकुलित हुआ क्योंकि जब ये मिल जाते हैं तब समझ में आता है कि ये तो और आकुलता उत्पन्न करने वाले हैं। थोड़े मिलते हैं तो और ज्यादा की आकुलता होती है, ज्यादा मिल जाएँ तो सम्भलते नहीं हैं और उनके संरक्षण की और उनके आगामी अभाव की चिन्ता मुझे घेर लेती है। इस तरह ये सुख के कारण भी मुझे यहाँ आकुलता देने वाले हैं। दुःख का कारण भी यही हैं और सुख का भ्रम उत्पन्न करने वाले भी यही हैं। वास्तव में मैंने इनमें सुख-दुःख का विचार किया, ये मेरा अज्ञान था। ये मेरे अपने वास्तविक स्वरूप से विमुखता का परिणाम था। सो आज आपके सम्मुख आकर के मुझे दो बातें बहुत स्पष्ट हो गयीं। 1. मेरी दृष्टि बहुत निर्मल हो गयी कि मैं आपके स्वरूप को जान कर के, और क्योंकि वैसा ही स्वरूप मेरा भी है तो उसे प्राप्त करने के लिए मैं अगर उपाय करूँ तो यहाँ संसार में कोई भी चीज़ का सद्भाव और अभाव मुझे दुःखी नहीं कर सकता; 2. और अगर यहाँ पर मैं संसार में चीज़ों में सुख ढूँढता हूँ, तो ये मेरा अज्ञान है। वो वास्तविक सुख नहीं है। वो तो और आकुलता उत्पन्न करने वाला है। वो सुखाभास है। ये भी मुझे भगवान जिनेन्द्र के दर्शन से, उनके गुण चिन्तवन से, उनकी भक्ति से पता लगता है। लेकिन हमारे लोभी मन में भाव तो आता है कि भगवान की भक्ति कर रहा हूँ तो इसका कुछ फल मुझे अवश्य प्राप्त होगा। भाई, इससे बड़ा और क्या फल होगा कि मेरी आकुलता घट गयी, मेरा अज्ञान हट गया। पता नहीं हम कौन से फल की आशा करते हैं?

जिसके जीवन में आकुलता जितनी कम है, जिसके जीवन में अज्ञान जितना घट गया है, उससे ज्यादा सुखी इस संसार में और कोई नहीं। ये अपन अपने अनुभव से भी देख सकते हैं। फिर भी मन में भाव तो आता है। तो वादिराज महाराज के चरणों में बैठें तो वो भी कहते हैं कि हाँ, ऐसा विचार आ जावे तो भगवान से ही कह लो।

वृत्ति-र्वाचा-मपर-सदृशी न त्वमन्येन तुल्यः,
स्तुत्युद्गाराः कथमिव ततस्त्वय्यमी नः क्रमन्ते
मैवं भूवंस्तदपि भगवन्! भक्तिपीयूषपुष्टाः-
ते भव्यानामभिमत-फलाः पारिजाता भवन्ति ॥21॥

जब-जब मैं आपके चरणों में आकर आपकी स्तुति, आपका गुणगान करता हूँ

तो लगता है कि मैं कहाँ कर पाया आपकी स्तुति, आपका गुणगान। मेरे शब्दों में कहाँ आपकी प्रशंसा समा सकती है।

''वृत्तिर्वाचामपरसदृशी न त्वमन्येन तुल्यः।''

मैं वचनों के द्वारा आपकी किस तरह से स्तुति करूँ, किससे तुलना करूँ? मेरे वचन तो जड़ हैं और आप चैतन्य हैं। इतना बड़ा फर्क? स्पष्ट नज़र आ रहा है, और मेरे वचनों की क्या सामर्थ्य कि जो आपका गुणगान करें और दूसरी चीज़, मन में ये भी विकल्प उठता है कि मेरे वचन आप तक तो पहुँचने वाले हैं नहीं। अपने आत्म स्वरूप में वहाँ सिद्धालय में आप विराजमान हैं। मेरे वचन वहाँ तक कैसे पहुँचेंगे?

''स्तुत्युद् गाराः कथमिव ततस्त्वय्यमी नः क्रमन्ते।''

अरे भाई! कोई व्यक्ति सामने होवे और हम दुःखी हों और उससे अपने दुःख को कह दें तो हो सकता है कि थोड़ा वो हमारे प्रति उपकार का थोड़ा बहुत विचार भी करे। उसने हमारी बात सुन ली है सो हमारा थोड़ा-बहुत भला भी करे। लेकिन हमारे वचन ही आप तक पहुँचने ही नहीं वाले तो हमारा उपकार क्या करोगे आप? ऐसा मन में विचार आ जाता है। लेकिन,

''मैवं भूवंस्तदपि भगवन! भक्तिपीयूषपुष्टाः।''

भले ही ना पहुँचें भगवान! मेरे वचन आप तक नहीं पहुँचें, कोई हर्जा नहीं है, लेकिन भक्ति भाव से भरे हुए ये जो वचन हैं, ये जो मेरे भक्ति के उद्‌गार हैं, ''पीयूषपुष्टाः'', अमृत से भरे हुए हैं। ''पारिजाता वन्ति'', ये तो मेरे लिए स्वर्ग के जैसे कल्पवृक्ष जिनको पारिजात कहते हैं, उसके समान हैं। मैं इस भक्ति के माध्यम से जो माँगूँगा, वो मुझे प्राप्त हो जाएगा।

माँगने योग्य क्या है? ये पहले देख लेना। इसीलिए लिखा हुआ है कि जो माँगने योग्य है वो मुझे प्राप्त हो जाएगा। और पाने योग्य तो यहाँ इस संसार में, मैं पहले ही जान चुका हूँ कि यहाँ पाने योग्य कुछ नहीं है, अपने सिवाय। यहाँ अपने आत्म स्वरूप के अलावा और कुछ पाने योग्य नहीं है, ये तो आपके दर्शन करके मुझे पहले ही स्मरण में आ गया है।

अभी तक तो मैं और सब चीज़ें पाने के ख्याल में, भूला हुआ था और दुःख उठा रहा था। ये तो मैं पहले ही कह चुका हूँ कि ''तुमको बिन जाने जो कलेश।'' अब आप को जब जान लिया है, तो चाहूँगा क्या? चाहूँगा वही जो आपने प्राप्त किया है। और वो मुझे आपकी भक्ति से, सहज रूप से प्राप्त हो जाने वाला है। मेरे वचन आप तक पहुँचें या न पहुँचें, मेरी वाणी में, मेरे वचनों में, आपका स्वरूप समा पाये चाहे न समा पाये, लेकिन मेरी ये जो आपके प्रति भक्ति है, जो श्रद्धा है, जो भावना की पवित्रता है, निर्मलता है, वो जरूर मुझे मेरे मनचाहे फल को प्राप्त कराने में कारण बनेगी। ऐसे आत्म विश्वास से भरकर अगर भक्ति की जाती है तो वो

भक्ति भी हमारे चित्त को निर्मल करती है भाई। हमारे जीवन को अच्छा बनाने में कारण बनती है। हमें बहुत सारी विपत्तियों से बचा लेती है।

एक सेठ जी ने अपना मन्दिर खुद बनाया। उसमें पूजा-पाठ करते थे। बीस-पच्चीस बरस गुजर गये पूजा पाठ करते हुए। एक दिन ऐसा हुआ कि लुटेरों ने उनके घर आकर के उनको लूटना चाहा। तो सेठ जी ने कहा कि भाई, सम्पत्ति ये रखी है, ले जाओ। लुटेरों ने कहा कि अकेले सम्पत्ति से नहीं, आपके प्राण भी लेंगे हम। सेठ जी कहा कि ठीक, प्राण लेते हो तो प्राण भी ले लो, लेकिन जरा ठहरो। ये जो भगवान की मूर्ति है, हम इसको पहले गहरे पानी में विसर्जित कर देवें। फिर हमारे प्राण लेना चाहो सो ले लो। डाकू ने कहा कि भाई, ऐसा कैसे? तो कहा कि मन में विचार आ रहा है कि बरसों गुजर गये हमें यहाँ भगवान की पूजा करते और हम ऐसे ही भगवान को छोड़ जाएँगे तो अब कौन उनका पूजा-पाठ करेगा? ये पहली बात। और दूसरी ये कि चार लोग ये कहेंगे कि देखो इनकी ज़िन्दगी हो गयी, पूजा करी तो क्या मिला? ऐसे लुट गये और प्राण निकल गये इनके, तो पूजा कौन करेगा फिर। तो धर्म की भी हँसी होगी। धर्मात्मा को चिन्ता होती है अपने धर्म की हँसी की...और बाकी तो सब लोग धर्म की हँसी उड़ाते हैं। धर्मात्मा होगा तो नहीं उड़ायेगा। और उनको अपनी इस बात की चिन्ता है कि कल के दिन भगवान जिनेन्द्र की पूजा कौन करेगा? जब मुझे मरण को प्राप्त और लुटते देखेगा कोई तो कहेगा कि भैया, हमें नहीं करना। इन्होंने पच्चीसों साल करी, इनकी ये स्थिति हुई तो हमारा क्या होगा? ऐसा न ले ले कोई उसका अर्थ। इसीलिए पहले हम भगवान को विसर्जित कर देवें, फिर हमारे प्राण ले लेना। सम्पत्ति तो तुमने ले ही ली। अब जंगल के रास्ते से चले जा रहे हैं, नदी पास में ही है। मूर्ति हाथ में है। रास्ते में शिला पर बैठे हुए मुनिराज के दर्शन हो जाते हैं। मुनि महाराज अवधि ज्ञानी थे। सेठ को देखकर के बिना कुछ पूछे ही उन्होंने कहा कि सेठ! चिन्तित और विचलित मत होओ। तुम नहीं जानते, ये जो चार लुटेरे तुम्हें लूटने और तुम्हारे प्राण लेने आये हैं, इन चारों के प्राण तुमने पूर्व जीवन में एक साथ लिए थे, सो इस जीवन में भी वह अभी तुम्हारा ऋण बाकी है, पर वह घट गया है तुम्हारे भगवान की भक्ति और पूजा से। कर्मों की निर्जरा इतनी हुई कि ये चारों एक साथ मिलकर, एक ही बार में तुम्हारे प्राण ले लें वरना चार भव धारण करके अलग-अलग चार बार मरना पड़ता। इसीलिए चिन्तित मत होओ, व्यथित मत हो, हिसाब चुकता हो रहा है। ऐसा सुनते ही डाकू भी चकित हो गये, सेठ जी तो चकित हुए ही। और डाकुओं ने कहा कि जब सेठ जी को अपने किये का फल यहाँ मिलेगा तो अब हम सेठ जी को पुनः यहाँ पर मारेंगे तो हमें फिर अगले बार यही फल मिलेगा। जब तीन भव छूट गये भगवान की भक्ति से, तो एक हम भी छोड़ देते हैं। हमारे जीवन में भी ये भक्ति इतना लाभ दे कर के जा रही है।

भाई, दिखाई नहीं पड़ता है कई बार फल, तो अपने को लगता है कि क्या रखा है इन सब चीज़ों में? इस पूजा पाठ में? इस भक्ति में? लेकिन अगर कोई वास्तव में अपने परिणामों को शान्त कर ले भक्ति के माध्यम से, अपनी आकुलता को घटा ले, घटती ही है, तो यही तो उस भक्ति का लाभ है जो इस जीवन में मिलता है। और इतना ही नहीं, अगर परिणाम अच्छे होते हैं तो कर्मों के बन्धन से हम बच जाते हैं और कर्मों की निर्जरा भी होती है। ये बहुत बड़ा लाभ आगामी जीवन में भी इस भक्ति से प्राप्त होता है। और भगवान क्या सचमुच हमारे लिए कुछ लेते देते हैं? नहीं भैया, हम ऐसे भगवान में श्रद्धा नहीं रखते जो लेते-देते हों।

जो संसार के लेन-देन से पार हो गये हैं, वे ही हमारे भगवान हैं। जो अभी संसार के लेन-देन में ही लगे हैं, उनको हमने भगवान माना ही नहीं। जिनको किसी पर स्नेह उमड़ जाए, प्रेम उमड़ जाए तो उसको वरदान दे देवें, और किसी के प्रति गुस्सा हो जावें तो उसको श्राप दे देवें, तो भैया ये अभी उनका संसार घटा नहीं है। अभी तो संसार में ही हैं।

कोपावेशो न तव न तव क्वापि देव! प्रसादो,
व्याप्तं चेतस्तव हि परमोपेक्षयैवानपेक्षम्।
आज्ञावश्यं तदपि भुवनं सन्निधि-वैर-हारी,
क्वैवंभूतं भुवन-तिलक! प्राभवं त्वत्परेषु॥22॥

भगवान, एक चीज और आपके भीतर दिखाई देती है, "कोपावेशो न तव न तव", किसी से भी आपको गुस्सा या नाराज़गी नहीं है। "न तव प्रसादो", किसी पर भी आप अतिरिक्त कोई कृपा नहीं करते, यानि न किसी को वरदान देते हैं प्रसन्न होकर, न नाराज़ होकर के किसी को श्राप देते हैं।

कोपावेशो न तव न तव क्वापि देव! प्रसादो।
व्याप्तं चेतस्तव हि परमोपेक्षयैवानपेक्षम्।।

अत्यन्त उदासीन है आपकी चित्त-प्रवृत्ति अर्थात सबके प्रति आपके मन में साम्य भाव है। श्रेणिक राजा मुनि महाराज के ऊपर उपसर्ग करते हैं, मरा हुआ सर्प डाल देते हैं और महारानी चेलना आकर के उपसर्ग दूर करती हैं, लेकिन उपसर्ग दूर होने पर मुनि महाराज दोनों को समान भाव से आशीर्वाद देते हैं, ये है भगवत्ता की तरफ बढ़ने का प्रयास! जहाँ कि साम्य भाव है, उदासीनता है, राग द्वेष से परे वीतराग भाव है, वहाँ पर भगवत्ता है। ऐसे आप हो भगवान! और कल देखना आप, उस सेठजी के साथ में राजा आएँगे मेरे दर्शन करने के लिए और देखेंगे कि मेरी देह कुष्ठ रोग से ग्रसित है या सोने की हो गयी है। तो मुझे विश्वास है कि कल वो देह स्वर्णमयी उनको दिखाई पड़ेगी। लेकिन कहीं ऐसा न हो कि जिन्होंने शिकायत करी थी उनका अहित हो जावे इसीलिए पूरी देह सोने की नहीं, थोड़ा-सा कुष्ठ शेष रहना

चाहिए तो निन्दक और वन्दक दोनों पर साम्य भाव रखेंगे। कल जिन्होंने निन्दा करी थी उनको भी आशीर्वाद दूँगा, जिन्होंने मेरी जयजयकार और प्रशंसा करी थी, उनको भी आशीर्वाद दूँगा। आप भी मुझे यही उपदेश देते हैं भगवान कि निन्दक और वन्दक दोनों पर साम्य भाव रखना। इसीलिए बड़ा आश्चर्य होता है कि जो अपना आतंक बना कर के रखें उनके वश में संसार रहता है या कि जो सब पर कृपा भाव रखें उनके वश में रहता है। लेकिन न आप किसी को वरदान देते हैं न आप अभिशाप देते हैं, फिर भी ''आज्ञावश्यं तदपि भुवनं सन्निधिर्वैरहारी'' ऐसा मालूम पड़ता है जैसे कि सब जीव आपकी आज्ञा में हों, आपके चरणों में आकर के अपना जन्मजात बैर भाव भी भूल जाते हैं। समवशरण में तिर्यंच जीव भी जो एक दूसरे के जन्म जात बैरी होते हैं, वो अपना बैर भूल जाते हैं। तो वादिराज महाराज कल्पना कर रहे हैं कि जैसे भगवान ने सबको आज्ञा दी हो कि सब यहाँ पर शान्त रहना, अपने आप ही बिना आज्ञा दिए हुए ही वे आज्ञा में हैं, ऐसी शक्ति, ऐसा प्रभाव तो हमने भगवान और किसी का कहीं नहीं देखा है। दुनिया में अपना आतंक फैला करके दूसरे को वश में करने वाले बहुत देखे। दुनिया को कोई लालच देकर के, वरदान देकर के अपने under में रखने वाले भी बहुत लोग देखे लेकिन इतने उदासीन व्यक्ति की आज्ञा में सब चलें, ऐसा प्रभाव तो आपका ही देखा है और यही वास्तव में हमारे लिए भी अनुकरणीय है। हमें भी इसी चीज का ध्यान रखना चाहिए कि हमारे मन में भी ऐसा ही साम्य भाव, ऐसी ही वीतरागता आ जावे तो हमारा जीवन आज भी इसी क्षण सुखी है।

आचार्य महाराज हमेशा कहा करते हैं कि जितनी जितनी आकुलता घटे, उतना उतना मोक्ष आज भी है। क्योंकि तीसरी ढाल में क्या लिखा है—

आतम को हित है सुख सो सुख, आकुलता बिन कहिये।
आकुलता शिव माहीं न तातें, शिव मग लाग्यो चहिए॥

आकुलता मोक्ष में बिलकुल नहीं है। यहाँ भी अगर हम थोड़ी आकुलता घटाएँ तो कहाँ पहुँच गये? समझ लो कि मुक्ति का ही आनन्द हमने ले लिया। निराकुलता ही मुक्ति का आनन्द है। आकुलता कैसे घटेगी? तो ऐसे घटेगी क्या कि किसी को हितैषी मान कर के उस पर प्रसन्न हो जायें? या किसी को अपना बैरी मान कर उस पर नाराज़ हो जायें? इसी राग द्वेष में ही तो हम लगे हैं। भगवान को देखो, ना किसी को बैरी मानते हैं, ना किसी को सगा मानते हैं, सबको समान मानते हैं। सबके प्रति समान भाव है, वीतराग भाव है। यही उनके सुख का कारण है, ऐसी ही वीतरागता, ऐसा ही साम्य भाव, हमें भी भक्ति के माध्यम से प्राप्त हो जिससे कि हम भी इस संसार में वास्तविक सुख को प्राप्त कर सकें। हमारे अन्दर भी ऐसी भावना भक्ति करते समय आनी चाहिए। वास्तव में देखा जाए तो जिसकी सबके

प्रति सद्भावना होती है, सब उसकी आज्ञा में रहते हैं। अपन संसार में भी इस चीज को देखते हैं कि जो सबके प्रति प्रेम भाव रखता है तो उसके जरा से इशारे पर सब लोग सब बातें करने के लिए तैयार हो जाते हैं। हम कहते हैं न कई बार कि हमारे तो बहुत से लोग हैं। किस कारण से लोग हैं? आपने उनको कुछ दिया है, क्या इसीलिए? या आपने उन्हें कुछ दबाव में डाल के काम करवाया है? नहीं, प्रेम भाव से, सदभाव से। और अगर साम्य भाव आ जावे? साम्य आ जावे तो सब जीव अपने आप, स्वयमेव ही आज्ञा में हो जाएँगे। यही कहना चाह रहे हैं यहाँ वादिराज महाराज कि कल लोग आकर के अगर मेरी पूजा करेंगे, जो कि कल तक निन्दा करते थे, मुझे दोनों स्थितियों में कोई ज्यादा फर्क समझ में नहीं आ रहा है। दोनों के ही प्रति आपने जैसा साम्य भाव रखा, मेरे अन्दर दोनों के प्रति वैसा ही साम्य भाव है।

एक छोटी-सी घटना इसके बारे में मैंने कहीं पर पढ़ी थी। वो एक काशी नरेश और कौशल नरेश, दोनों की प्रसिद्ध घटना है। काशी नरेश थोड़े ईर्ष्यालु थे, कौशल नरेश सबके प्रति सद्भाव रखते थे। जितने भी प्रजाजन थे, सबका बड़ा उपकार किया, सब उनके बहुत गीत गाते थे। इस बात से बहुत ईर्ष्या होती थी काशी नरेश को। बिना वजह के आक्रमण कर दिया। आज भी वर्तमान में देखते हैं कि कोई अपने रास्ते सीधे-सीधे चले तो उसको चलने नहीं देते, लोग उसको टोका-टोकी करते हैं और उसको मुश्किल में डालते हैं। संसार में तो हमेशा ही ये चलता रहता है। तो ईर्ष्यावश काशी नरेश ने आक्रमण कर दिया। कौशल नरेश तो इस बात के लिए तैयार नहीं थे और इसीलिए उनको पराजित होकर के जंगल में जाना पड़ा। जंगल में कौशल नरेश भले ही चले गये लेकिन उनकी प्रजा, जिसके अधिपति बन के बैठ गये थे काशी नरेश, आज भी प्रशंसा करती थी तो कौशल नरेश की ही करती थी। इस बात से वे और तिलमिला जाते थे कि अरे ये हार भी गये, और हम तुम्हारे राजा हो गये, फिर भी तुम प्रशंसा उन्हीं की करते हो। तो उन्होंने घोषणा करवा दी कि जो भी जीवित या मृत अवस्था में कौशल नरेश को लेकर आएगा उसको हम मुँह माँगा वरदान देंगे। अब इस बीच हुआ ये कि जहाँ जंगल में कौशल नरेश अभावग्रस्त अवस्था में थे, वहीं पर भटकता हुआ एक व्यापारी आ पहुँचा। और उसने कौशल नरेश से ही पूछा कि कौशल देश कहाँ पर है, मैं रास्ता भटक गया हूँ। वो पहचान नहीं पाया कौशल नरेश को। राजा ने कहा कि भाई क्यों जाना चाहते हो कौशल नरेश के पास, उस देश में क्यों जाना चाहते हो? व्यापारी को मालूम नहीं था कि राजा हार गये हैं और देश दूसरे के हाथ में चला गया है, तो वह सहज भाव से पूछ रहा था। उसने कहा कि मैं बहुत विपत्ति में पड़ा हूँ, पर मुझे विश्वास है कि मुझे विपत्ति से अगर इस संसार में कोई बचा सकता है, मेरी मदद अगर कोई कर सकता है तो कौशल नरेश ही कर सकते हैं, और कोई नहीं। अब बड़े व्यथित हुए कि मेरी इतनी

दीन अवस्था है और ये मेरे ऊपर इतना विश्वास रखता है कि मदद अगर कोई कर सकता है तो ये ही कर सकते हैं। मैं क्या करूँ, तो फ़ौरन उससे कहा कि आओ मेरे साथ चलो। और वे उस व्यापारी को लेकर के काशी नरेश के दरबार में पहुँच गये। काशी नरेश तो देख कर के दंग रह गये कि अरे ये अपने आप कैसे आ गये। हमने तो इनको जीवित या मृत अवस्था में जो लेकर के आएगा उसको मुँह माँगा दान देंगे—ये घोषणा करायी थी। ये तो स्वयमेव आ गये। तो इसके पहले कि काशी नरेश कुछ कहें, कौशल नरेश ने कहा कि राजन, मेरे ऊपर जो इनाम है वो इस व्यापारी को दे दिया जाए, मैं आपके सामने आकर के अपने को सौंपता हूँ, आप यही चाहते थे, लेकिन जो भी आप देना चाहें इस व्यापारी को दे दें। समझते देर नहीं लगी! काशी नरेश सिंहासन से उतर करके आये और उनका राजतिलक करके सिंहासन पर बिठा दिया कि आप ही हो राजा, अब जो देना है इस व्यापारी को, आप ही दो।

ये घटना पढ़ करके मुझे लगा कि सचमुच अगर हमारे मन में सबके प्रति सदभावना है तो सारा संसार हमारा है। और सारा संसार हमारी आज्ञा में है। जैसे कि भगवान की भक्ति करते हुए वादिराज महाराज कह रहे हैं कि किसी पर अपनी आज्ञा चलाना, ये तो संसार बढ़ाना है। अगर हम अपने इन्द्रिय और मन को जीत लें और सब प्राणी मात्र के प्रति कल्याण का भाव अगर हमारे भीतर में हो तो संसार हमारी आज्ञा के वशीभूत है। भाई, जिसका मन ही अपने वश में नहीं है उसके वश में क्या कोई होगा? हमें जिनेन्द्र भगवान यही शिक्षा दे रहे हैं भक्ति के माध्यम से, हमें उनसे यही उपदेश ग्रहण करना चाहिए कि हम भी उनके समान इस राग-द्वेष से बचकर के साम्य भाव या कि वीतराग भाव को धारण करके अपना और प्राणी मात्र का कल्याण करें तो हमारी ये भक्ति हमारे जीवन को सार्थक करने में कारण बनेगी। इसी भावना के साथ बोलिए आचार्य गुरुवर विद्यासागरजी महाराज की जय।

❑❑❑

णाणं

पयासयं

वीर नि.सं. 2470

ई.सन् 1944

भारतीय ज्ञानपीठ